할리우드로 출근합니다

장면을 수집하는 할리우드 에디터의 작업 일지

문성환 지음

할리우드로 출근합니다

H
O
L
L
Y
W
O
O
D

포르체

더 넓은 세상을 경험한다는 것

지금은 중학생이 된 첫째가 이제 만 두 살이 조금 넘었을 때, 아내와 나는 아이를 안고 비행기에 올랐다. 우리는 10시간이 훌쩍 넘는 비행시간 내내 부디 아이가 울지 않고 잘 버티길 바라며 혹시 모를 사태를 대비해 컴퓨터에 아이가 볼 만한 영상을 이것저것 준비했다. 게다가 돈을 아끼겠다며 직항을 마다하고 경유하는 비행기를 선택해 샌프란시스코에서 한 번 갈아타야 하는 상황이었다(지금 생각하면 왜 그랬나 싶다). 다행히 아이는 울거나 짜증 내지 않고 정말 잘 버텨 주었다.

공항에 내리자 캘리포니아의 뜨거운 여름 햇살이 우리 가족을 반겼다. LAX공항에서 차를 타고 숙소까지 달려가는 길옆으로 황량하고 삭막한 풍경이 펼쳐졌다. 서울에서만 평생을 살며 서울의 복잡한 풍경에 익숙한 아내는 물론이고, 살인사건 발생률 상위권을 차지하던 미국 어느 삭막한 동네에서 오랫동안 살아 본 경험이 있는 나에게조차 L.A 거리는 낙후되고 답답한 모습이었다. 황량한 풍경만큼 답답한 자동차의 공기 속에서 갑작스럽게 막막함이 몰려왔다. '내가 지금 무슨 짓을 한 거지? 내가 어쩌자고 가족을 모두 데리고 여기에 온 거지?' 하는 걱정이 머리에서 떠나지 않았다. 옆자리에 아무것도 모르고 엄마 옆에 앉은, 아직 기저귀도 못 뗀 딸을 바라보며 '이거 못할 짓 했구나' 하며 더럭 겁이 났다. 그렇게 L.A의 뜨거운 도로 위에서 군대 훈련소 이틀째 밤 구보를 마치고 헉헉거리며 느꼈던 그 막막함이 다시 찾아왔다.

미국에서의 2년이 지난 후 대학원을 졸업했고, 어렵사리 일을 시작했다. 대학원을 졸업했던 그때엔 봉준호 감독이 이제 막 〈설국열차〉를 완성했던 시기였다. 미국인들에게 한국 영화는 아직 박찬욱 감독의 〈올드보이〉

와 김기덕 감독의 영화가 전부였다. 한국 영화가 아카데미 무대에 오르고 에미상에서 한국 배우들이 상을 받는다는 건 상상조차 하지 '않'을 때였다. BTS가 이제 막 방탄소년단으로 한국에서 데뷔했을 때, K-POP의 미국 상륙은 생각조차 하지 못했다. 한국 가수의 노래가 빌보드에서 1위를 한다니? 짐작도 하지 못할 그런 시기였다. 그런 나라에서 한국에서의 내 경력은 모두 제로가 되어 버렸다.

대학을 졸업한 후 미국과 한국에서 프로모, 예고편, 뮤직비디오 등을 편집하고, 케이블 채널의 OAP 편집팀장으로 일했던 경력 등은 이력서의 단 한 줄도 차지할 수 없었다. 이제 대학원을 막 졸업한 사회 초년생처럼 새롭게 일을 시작해야 했다. 주변에 아는 사람도 없으니 처음엔 많이 헤매기도 했다. 이메일과 전화를 붙잡고 도움이 되어 줄 사람을 한 번이라도 만나기 위해 동분서주했다. 다행히 업계에서 좋은 사람들을 많이 만났고, 감사하게도 좋은 평가를 받았다. 어시스턴트 에디터로 시작해 에디터로 올라가기 위한 단계를 차근차근 밟아 나갔다. 주변의 동료들은 이상적인 단계를 밟아 가고 있다며 칭찬하고 격려해 주었다.

하지만 세상 모든 일이 바라는 대로 되진 않는다. 그렇게 미국에서 10년 가까운 세월을 보내고 다시 한국에 돌아왔다. 기저귀도 떼지 못했던 첫째는 중학생이 되었고, 당시 있지도 않았던 둘째는 이제 초등학생이다. 아이들이 자란 만큼 나도 자랐을까? 그건 어쩌면 좀 더 시간이 지난 후의 내가 나에게 대답할 수 있을 것이다. 지금은 그동안의 경험을 잊지 않기 위해 기록해야 할 시간이다.

세상은 참으로 넓지만 사람은 결국 자기가 아는 만큼의 조그마한 세상만 알고 평생을 살다 간다. 고작 10년 정도의 경험으로 할리우드의 시스템을 이야기하고, 고작 2년 정도의 경험으로 한국의 시스템을 이야기한다는 건 어쩌면 만용이고 건방짐일지도 모르겠다. 그럼에도 지금 이 시점에 내가 아는 두 세상을 이야기하고 싶었다. 특히, 한국에 대해서 이야기하는 게 다소 걱정되지만 그래도 하자고 마음먹었다. 때론 익숙해지기 전에 내놓는 느낌이 문제를 더 정확히 짚어 낼 수 있기도 하다. 이 글이 이쪽에 속해서 도움이 될 수 있길 바란다. 혹시나 상처를 입거나 불쾌할지도 모를 분들께 미리 사과의 말을 전한다. 자기 자식에게서 아쉬운 점이 더 많이 보이고, 잔소리도 더 하게 되는 법 아니겠는가. 뭐, 실제 육아에선 이런 잔소리는 줄여야 하지만 말이다.

목차

3장 다시, 시작

할리우드 워크플로

한국에서 에디터가 일하는 방식은 자기 사무실을 차려서 직원을 두고 일하는 형태와 작업실 없이 혼자 일하는 형태로 나뉜다. 계약을 맺고 작업을 하면 전자의 경우엔 당연히 자신의 편집실에서 편집을 진행한다. 이때 기존의 직원을 쓸 수도 있고, 일손이 부족하면 해당 작품만을 위한 어시스턴트 에디터를 고용하기도 한다. 후자의 경우엔 제작사에서 마련해 주는 장소에서 편집을 진행하며, 어시스턴트 에디터는 제작사와 별도의 계약을 맺고 함께 일한다. 이에 반해, 할리우드엔 전자의 경우가 존재하지 않는다. 이들은 제작사와 각자 계약을 맺은 후, 작품 시작과 함께 모여 팀을 이룬다. 그렇게 한 시즌 동안 일하고 헤어진다. 그렇다면, 어떤 사람들이 모이는 걸까? 한국에서 가장 익숙한 1시간짜리 '미드'를 기준으로 보겠다.

한국은 편집실에서 함께 일하는 사람을 이야기할 땐 대체로 에디터와 어시스턴트 에디터들만을 칭한다. 미국 TV 드라마는 그 외 다른 사람들도 포함한다. 드라마 편집팀은 일반적으로 포스트 프로듀서Post producer(정식 명칭은 아니다), 포스트 프로덕션 슈퍼바이저Post production supervisor, 포스트 프로덕션 코디네이터Post production co-ordinator, 포스트 프로덕션 어시스턴트Post PA, 에디터Editor 세 명, 그리고 어시스턴트 에디터Assistant editor 세 명, 이렇게 총 열 명 정도로 이루어진다. 여기에 작품에 따라 VFXVisual effect 에디터VFX editor나 VFX 어시스턴트 에디터VFX assistant editor가 포함된다. 또한, 외부 VFX 업체에 넘기지 않고 내부에서 처리하기 위해 편집팀 내에 VFX 아티스트Inhouse VFX artist를 한 명 혹은 그 이상 두기도 한다. 일례로 〈로즈웰, 뉴 멕시코〉는 VFX 아티스트를 세 명 고용하여 시즌 내내 함께했다. TV의 빠른 스케줄과

VFX 숏이 점점 증가하는 추세 때문에 VFX 에디터나 뮤직 에디터가 처음부터 같이 일하는 게 이상적이지만, 여러 이유로 함께 일하기가 쉽지만은 않다.

각 에디터는 함께 일하는 어시스턴트 에디터가 있다. 즉, 에디터 한 명과 어시스턴트 에디터 한 명이 짝을 이룬 총 세 팀이 드라마 편집을 책임진다.

에디터

세 명의 에디터는 한 시즌에 해당하는 열 개, 열세 개, 혹은 스무 개 이상의 에피소드를 나누어 편집한다. 한 시즌 총 에피소드 수에 따라 한 명의 에디터가 편집해야 하는 에피소드 수가 적게는 두세 개, 많게는 일고여덟 개가 될 수 있다. 모든 에피소드를 한 명의 에디터가 편집하는 특수한 경우도 더러 있다. 2020년 넷플릭스를 통해 공개되어 인기를 끌었던 〈퀸스 갬빗〉이 좋은 예다.

에디터는 편집 외에도 프리프로덕션Pre-production 단계에서 프로덕션과 포스트 프로덕션의 모든 사람이 모여 쇼러너Show-runner를 주축으로 시나리오를 하나씩 짚어 가며 각 신의 의도와 유의할 점에 대해 이야기하는 톤 미팅Tone meeting에 참석하기도 한다. 편집할 때 어떤 부분을 유의해야 할지 체크하기 위함이다. 에디터는 이렇듯 단순히 대본에 쓰인 대로 촬영된 데이터를 자르고 붙이는 것이 아니라, 이야기 안에서 작가가 말하고자 하는 바를 최대한 구현하기 위해 많은 시도를 한다. 에디터스 컷에서 픽처 락에 이르는 과정 안에서 감독, 프로듀서, 작가, 스튜디오, 방송사 모두와 의견을 주고받으며 협업한다.

어시스턴트 에디터

에디터와 함께 영상을 편집한다. 촬영된 데이터를 받아 이를 편집 시스템 내에 정리해 에디터가 편집할 수 있게 준비한다. 또한 촬영 기간 동안 촬영장에서 매일 넘어오는 스크립트 슈퍼바이저 리포트Script supervisor report, 카메라 리포트Camera report, 사운드 리포트Sound report, 랩 리포트Lab report를 정리하여 일부는 에디터와 어시스턴트 에디터가 공유하고, 일부는 기록을 위해 어시스턴트 에디터만 따로 보관한다. 어시스턴트 에디터는 서류 작업 외에도, 사운드 편집과 임시 VFX 작업을 한다. 방송사의 컨펌 이후에는 사운드팀과 VFX팀이 이 작업을 이어받아 최종 마무리를 하지만, 그전까지는 에디터와 어시스턴트 에디터가 작업한 결과물을 활용한다. VFX가 많이 사용되는 작품이 많아지면서 임시 VFX 작업의 양이 엄청나게 늘어나고 있음은 물론이고, 완성도에 대한 기대 역시 갈수록 높아지고 있다.

포스트 프로듀서, 포스트 프로덕션 슈퍼바이저

에디터와 어시스턴트 에디터가 실제 편집을 하는 사람들이라면, 편집 밖에서 '교통정리를 하는 사람'도 있다. 바로 포스트 프로덕션 슈퍼바이저, 포스트 프로덕션 코디네이터, 포스트 프로덕션 어시스턴트이다. 그리고 이 셋을 휘하에 두고 포스트 프로덕션 업무 전체를 총괄하는 프로듀서가 있는데 정식 명칭은 아니지만, 흔히 포스트 프로듀서라고 부른다. 이 자리는 주로 포스트 프로덕션 어시스턴트로 시작해서 코디네이터를 거쳐 슈퍼바이저, 그리고 포스트 프로덕션을 주로 관리하는 프로듀서로 올라가는 단계를 밟는다. 포스트 프로덕션 어시스턴트를 거쳐 어시스턴트 에디터가 되는 경우도 있는데, 이는 TV보다는 영화 현장에서 더 많이 볼 수 있는 경우다.

편집 스케줄은 컨펌 단계를 기준으로 에디터스 컷, 디렉터스 컷, 프로듀서스 컷, 스튜디오 컷 그리고 네트워크 컷으로 진행된다. 방송사에서 네트워크 컷 컨펌을 완료하면 이를 픽처 락 컷이라 부른다.

픽처 락이 되면 픽처 락 컷으로 작곡가, 뮤직 슈퍼바이저, 사운드 에디터 등이 모여 에디터와 함께 사운드 스포팅spotting을 한다. 스포팅이란 효과음이나 음악, ADR을 포함한 사운드 믹싱에 관해 의견을 주고받는 과정을 말한다. VFX팀과 VFX 장면에 대해 의견을 나누는 VFX 스포팅도 이루어진다. 참여했던 작품 중 〈로즈웰, 뉴 멕시코〉나 〈오리지널스〉의 경우엔 VFX 스포팅을 프로듀서스 컷과 스튜디오 컷 사이에 진행했다. 이는 스튜디오로 편집본이 넘어가기 전 최대한 VFX 예산에 맞도록 필요한 경우 편집을 수정할 시간을 벌기 위함이다.

이런 픽처 락 후, 스포팅 전후 과정이 턴오버다. 턴

오버는 픽처 락이 된 상황에서 편집본을 기반으로 음악, 사운드 편집, VFX 등 후반 제작팀과 작업하는 과정을 말한다. 이 과정은 여러 번에 걸쳐 계속될 수 있고, 결과물과 피드백을 주고받는 과정이 최종 믹싱까지 이어진다.

에디터스 컷 Editor's cut

일반적으로 공중파 드라마 에피소드 한 편을 촬영하는 데 5일에서 8일이 걸린다. 그날의 촬영본은 다음 날 아침 편집실에 도착한다. 어시스턴트 에디터는 출근하면 하드에 올려진 촬영본 파일을 확인하고 편집실 하드디스크로 옮긴다. 이 일은 촬영 기간 내내 매일 이루어진다.

사람에 따라 다르겠지만, 어시스턴트 에디터로 일할 때 나는 대체로 촬영본을 편집실 하드디스크로 옮기고 나서 스크립트 슈퍼바이저 리포트를 정리했다. 실제 클립과 비교해 리포트에 빠진 것은 없는지, 달라진 것은 없는지 확인한다. 확인이 끝나면 편집 프로그램인 아비드Avid 내 클립을 각 신별로 에디터가 원하는 방식에 맞추어 정리한다.

촬영 기간 동안 해야 하는 중요한 일 중 하나는 촬영 진행 상황을 체크하는 것이다. 지금까지 어떤 신을 촬영했고, 앞으로 또 어떤 신을 촬영하는지 말이다. 사람마다 이 일을 하는 방식이 다르겠지만, 나는 콘티뉴이티Continuity를 프린트해 촬영한 신은 줄로 긋고, 앞으로 촬영할 신에는 촬영이 예정된 날짜를 적어 두는 방식을 선호했다. 이렇게 하면 진행 상황이 액트Act별로 한눈에 들어온다.

에디터스 컷은 에디터가 연출자나 작가, 혹은 프로듀서와 협업 없이 편집한 버전을 말한다. 이때 에디터는 특별한 경우가 아닌 한 시나리오의 순서나 구성을 바꾸지 않고, 작가와 연출자의 의도를 최대한 잘 구현하도록 작업한다. 작가와 연출자에게 시나리오가 실제 영상으로 만들어졌을 때 어떤 부분이 제대로 기능하고, 기능하지 않는지 확인할 기회를 주는 것이다. 그래서 에디터스 컷을 어셈블리Assembly라고 표현하기도 한다. 공장에서 여러 부품을 설계도에 따라 기계적으로 조립한다는 단어의 의미에서 나온 표현이다. 짧은 시간 안에 시나리오의 구성을 따라 편집하기 때문이다. 하지만 이 말은 많은 에디터들에게 환영받지 못하는 표현이다. 시나리오의 구성을 따라 편집한다는 게 에디터스 컷 편집이 뚝딱뚝딱 기계적으로 조립하는 단순한 일이라는 의미는 아니기 때문이다.

촬영이 끝나고 대체로 3일 정도 후에 완성되는 에디터스 컷은 규정에 따라 오직 감독에게만 전달된다. 에디터스 컷을 받은 감독은 다음 날부터 4일 동안 에디터와의 협업을 통해 디렉터스 컷을 만든다. 영화와 달리 TV 드라마에서 감독은 오직 디렉터스 컷 과정에만 관여하기 때문에 이 나흘이 드라마에 감독의 비전을 더할 마지막 기회라고 할 수 있다. 〈아메리칸 크라임 스토리〉로 에미상을 받은 정지윤 에디터는 TV에서 감독의 역할을 '특별출연'이라고 말한다. 그만큼 TV에서는 일단 촬영이 끝나고 나면 그가 프로듀서의 역할도 겸하고 있는 게 아닌 한 감독의 역할은 미미해진다는 의미다.

이 나흘 동안 잠깐 한 번 편집실을 방문해 에디터와 전체적인 방향을 논의한 후 에디터에게 모든 걸 맡기는 감독이 있는가 하면, 편집실에 오지 않고 전화나 이메일로만 편집을 진행하는 감독도 있다. 이들은 감독의 역할이 사실상 촬영에서 대부분 끝났다는 것을 알기 때문에 디렉터스 컷 동안 편집실에 오는 시간을 줄여 다음 에피소드나 다른 작품을 촬영하는 데 쓰고 싶어 한다. 물론 적극적인 감독도 많다. 〈더 볼드 타입〉을 작업할 때 한 감독은 4일 내내 9시간에서 12시간씩 편집실에 머물렀다. 덕분에 일주일 동안 늘 새벽 두세 시에 퇴근

했다. 그때 창밖으로 들리던 빈 도로의 자동차 소리, 복도에서 돌아가던 청소기 소리가 아직도 귀에 선하다.

프로듀서스 컷 Producer's cut

디렉터스 컷이 쇼러너를 비롯한 작가와 프로듀서들에게 보내지면, 쇼러너나 메인 작가 또는 메인 프로듀서가 모두의 의견을 종합해 에디터와 함께 다시 편집한다. 영화에서 디렉터스 컷이 그 영화의 이상을 잘 보여 준다면, TV에서는 프로듀서스 컷이 그렇다고 볼 수 있다. 영화에서 작품의 비전을 가장 잘 이해하는 이가 감독이지만, TV 드라마에서는 쇼러너인 작가이기 때문이다.

에디터스 컷을 감독에게 보내고 디렉터스 컷을 프로듀서에게 보냈듯, 이번에는 프로듀서스 컷을 스튜디오에 보내야 한다. 지금까지 방식대로라면 프로듀서와 작가가 참여했으니 프로듀서스 컷이라고 이름을 붙여야겠지만 이제부터는 아니다. 프로듀서스 컷은 스튜디오 컷이라는 새로운 이름이 붙는다. 즉, 스튜디오 컷은 '스튜디오가 만든 편집본'이 아니라 '스튜디오를 위한 편집본'이 되는 것이다. 정리하자면 '최종 버전의 프로듀서스 컷 = 스튜디오 컷'이다.

스튜디오 컷 Studio cut, 네트워크 컷 Network cut

스튜디오는 스튜디오 컷을 받으면 대체로 다음 날 그들의 의견을 편집팀에게 보낸다. 이 과정은 대개 서면과 컨퍼런스 콜 두 가지가 병행되어 이뤄진다. 쇼러너의 주도하에 스튜디오 컷 역시 수정을 거치고 편집본이 완성되면 방송사에 보내는데, 이 편집본을 네트워크 컷이라 부른다. 스튜디오 컷처럼 '네트워크(방송사)를 위한 편집본'이라는 의미다.

또는 '스튜디오·네트워크 컷'이란 이름으로 스튜디오와 방송사에 편집본을 동시에 보내기도 한다. 시간적 여유가 없을 때 스튜디오 컷에서 네트워크 컷으로 가는 과정을 한 단계 줄이기 위해서, 혹은 스튜디오가 쇼러너를 믿을 때 종종 편집본을 동시에 보낸다. 쇼가 어느 정도 궤도에 들어서면 모두가 쇼를 잘 이해하고 워크플로 역시 원활하게 돌아가기에 스튜디오가 편집본을 컨펌할 일이 줄어들기 때문이다. 세 번째 시즌이었던 〈제인 더 버진〉이 이러한 경우에 속했다. 작품이 워낙 좋은 반응을 얻고 있었기에 스튜디오인 CBS와 방송사인 CW는 쇼러너인 제니 Jennie Urman를 전적으로 믿었다. 그런 이유로 스튜디오 컷과 네트워크 컷을 분리하지 않았다.

이렇게 스튜디오 컷을 지나 네트워크 컷에서 최종 컨펌이 나오면 영상 편집은 '모두 완료'라는 의미의 픽처 락을 한다.

픽처 락 컷 Picture locked cut , 턴오버 Turnover

픽처 락이란 말이 의미하는 그대로 전체 그림 Picture의 편집을 더는 건드리지 않고 확정한다 Lock는 뜻이다. 방송사에서 컨펌한 네트워크 컷의 최종 버전이 픽처 락 컷이 된다. 픽처 락 후에도 수정이 생길 수 있다. 그런 맥락에서 소프트 락 Soft lock이나 하드 락 Hard lock이라는 표현을 쓰는 경우도 보이곤 한다. 모든 과정이 디지털화되면서 수정하는 일이 어렵지 않게 되었다. 하지만 픽처 락 후 수정한다는 것은 추가 비용이 발생하며, 편집팀을 비롯한 모든 포스트 프로덕션에 추가 작업이 생긴다는 의미이므로 반길 일은 아니다.

턴오버는 픽처 락이 된 편집본을 다른 포스트 프로덕션팀에게 보내 작업하게 하는 일련의 과정이다. 이 과정은 워크플로가 어떻게 짜여 있느냐에 따라 꽤 번거로울 수도 있고 반대로 무척 간단할 수도 있다. 그러므로 초반에 관련 팀과 워크플로를 정리하는 게 중요하다. 워크플로에 따라 테스트를 진행해서 문제점은 없는지 체크할 수 있다면 더할 나위 없다.

턴오버는 기본적으로 세 가지 단계로 이뤄진다. VFX 턴오버, 사운드 턴오버, 그리고 뮤직 턴오버다. 쇼에 따라 캡션, 더빙 등을 위한 턴오버를 추가하기도 한다.

VFX 턴오버를 진행할 때는 앞서 프로듀서스 컷에서 언급한 것처럼 VFX 리스트를 정리해 빠지는 숏이 없도록 꼼꼼히 체크해야 한다. VFX는 시간과 돈에 매우 예민하다. 만일 실수로 누락된 숏이 있다면 일정상 큰 문제가 생기고, 작업하지 않아도 되는 숏을 작업했다면 비용이 추가된다. 행여 그 숏에 매우 비싼 VFX를 썼다면 자칫 해고로 이어질 수도 있다.

사운드의 경우, 편집본에 쓰인 효과음의 많은 부분이 최종 믹싱에서 더 나은 효과음으로 대체되거나 전문 사운드 에디터가 꼼꼼하게 수정 편집을 하지만, 그래도 편집팀에서 먼저 한 사운드 작업이 일종의 가이드라인이 된다.

일을 하다 보면 대사를 바꾸거나 다시 녹음해야 할 때가 있다. 대사 녹음이 잘 안 되었거나 다른 사람의 대사와 겹쳐 잘 안 들린다거나 하는 기술적인 문제로 말이다. 또 이야기를 더 잘 전달하기 위해 없는 대사를 넣기도 하는데, 이런 경우를 대비해 정리해 놓은 ADR 리스트도 사운드 턴오버 과정에서 전달한다.

뮤직 에디터와 작곡가는 에디터가 편집하면서 사용한 음악을 다듬거나 완전히 새로운 곡으로 대체한다. 사운드 작업과 마찬가지로 편집팀에서 한 작업이 가이드라인이 되기 때문에 이를 모두 넘겨 줘야 한다. 어떤 음악을 썼는지 작성한 뮤직 큐 시트Music cue sheet를 원하는 경우도 있다. 작곡가가 만든

곡이 아닌 기존 곡을 쓰는 경우엔 창작자에게 사용료를 내야 하므로 편집 과정에서부터 이 내용을 공유한다. 방송사 관계자가 어떤 곡을 아주 좋아했는데, 나중에 확인해 보니 말도 안 되게 비싸 사용할 수 없는 일을 방지하기 위해서다. 참여했던 작품 중 〈오리지널스〉는 프로듀서스 컷 단계에서부터 사용한 음악을 콘티뉴이티에 기입해 뮤직 슈퍼바이저가 예산을 늘 체크하도록 했다.

할리우드 편집실에서 쓰이는 리포트

드라마 편집실에서 일하면 여러 리포트를 다루게 된다. 촬영장에서 넘어오는 각종 리포트는 물론, 어시스턴트 에디터가 직접 작성하고 관리하는 리포트, 그리고 VFX 에디터나 VFX 어시스턴트 에디터가 작성하는 리포트 등 종류는 많다. 그중 가장 중요하고, 또 빈번하게 접하는 게 다음 리포트들이다.

에디터와 어시스턴트 에디터가 다뤄야 하는 리포트 중에서 가장 중요하고, 가장 많이 다루는 리포트다. 이는 스크립트 슈퍼바이저 리포트가 촬영장과 편집실을 잇는 가교 역할을 하기 때문이다. 특별한 경우가 아니면, 촬영 동안 감독이 편집실에 오거나 에디터가 촬영장에 가는 일은 흔치 않다. 이 기간 계속 편집을 하는 에디터에게 촬영장에서 일어나는, 특히 감독의 선택과 이유가 드러나는 스크립트 슈퍼바이저 리포트는 소중할 수밖에 없다.

스크립트 슈퍼바이저 리포트는 모두 네 파트로 되어 있다.

데일리 프로그레스 리포트Daily progress report

몇 시에 촬영을 시작해 언제 점심을 먹었고, 촬영은 언제 끝났는지 기록되어 있다. 또한 어떤 신을 촬영했는지, 혹시 전체가 아닌 부분만 촬영한 신이 있는지, 얼마나 많은 페이지를 촬영했고 또 남은 페이지는 얼마인지 등이 정리되어 있다. 한마디로 그날 촬영장에서 이뤄진 것들을 한 장에 요약해 놓았다고 할 수 있다.

에디터 로그Editor log

촬영된 신별, 테이크별로 간단한 설명이 있다. 카메라 롤과 사운드 롤, 테이크의 길이, 감독의 코멘트 등이 표 형식으로 정리되어 있다.

데일리 타임코드 로그Daily timecode log

에디터 로그와 비슷하다. 다만 감독의 코멘트 대신 각 테이크의 타임코드가 기록되어 있다. 즉 에디터 로그보다 테이크의 '데이터'를 다룬 리스트라고 할 수 있다.

페이싱 페이지Facing page, 라인드 스크립트Lined script

페이싱 페이지와 라인드 스크립트는 하나로 묶을 수 있다. 페이싱 페이지는 에디터 로그와 비슷한데, 에디터 로그보다 좀 더 테이크별로 세분화되어 감독의 코멘트나 에디터가 알아야 할 특이사항들이 정리되어 있다. 촬영이 진행되는 동안 스크립트 슈퍼바이저는 각 테이크가 어디부터 어디까지인지, 대사를 하는 사람이 화면에 보이는지, 보이지 않는지를 대본에 '선을 그어' 표시한다. 이렇게 선을 그은 대본이 라인드 스크립트다. 어시스턴트 에디터는 라인드 스크립트와 해당 페이싱 페이지를 묶어 이를 바인더에 책처럼 정리한다. 이 바인더는 두 개가 만들어지는데 하나는 어시스턴트 에디터가 갖고, 다른 하나는 에디터가 갖는다. 페이싱 페이지는 앞서 말한 바와 같이 어떤 테이크를 감독이 선호하는지부터 시작해 각종 정보가 담겨 있어 에디터와 어시스턴스 에디터가 가장 많이 들여다보는 문서라 할 수 있다.

콜 시트Call sheet

촬영 전날 모든 스태프에게 배포되는 문서다. 여기엔 다음 날 촬영하는 내용이 상세하게 명시된다. 이 문서를 보면 그 날 어떤 신을 촬영하는지 파악할 수 있다.

카메라 리포트Camera report, 사운드 리포트Sound report

촬영이 끝나면 카메라 팀과 사운드 팀에서 각각 당일 찍은 분량에 대한 간단한 리포트를 보낸다. 데일리스Dailies 작업을 할 때 주로 스크립트 슈퍼바이저의 보고서를 이용하지만, 보고서와 실제 내가 받은 데이터 간에 차이가 있을 땐 데일리스 하우스Dailies house에 문의하기에 앞서 이 두 개 리포트와 함께 상호

대조해 본다.

콘티뉴이티 Continuity

프로덕션 쪽에서 보내 준 다른 리포트들과 달리 콘티뉴이티는 편집팀에서 만든다. 신 번호와 함께 각 신의 간단한 내용이 들어간다. 각 액트의 러닝 타임을 표기하고, 작품에 따라 각 신별 러닝 타임은 물론 사용되는 음악 이름이 들어가기도 한다. 이렇게 만들어진 콘티뉴이티는 관계자들에게 편집본을 보낼 때 함께 보낸다.

1장

발돋움에는 작은 용기가 필요하다

한국에서의 직장 생활

고백을 하자면, 대학을 지원할 당시 나에겐 딱히 꿈이라고 할 만한 게 없었다. 어떤 일을 하고 싶다거나 어떤 일이 좋다는 미래에 대한 그림이 전혀 없었다. 문과이니 법대에 가면 반드시 법조계로 가지 않더라도 선택의 폭이 넓을 수 있다는 조언을 들었고, 그에 따라 성적이 되는 대학의 법대를 지망하여 다니기 시작했다. 이렇게 대학에 갔으니 학교 공부에 흥미가 있을 리가 없었다. 수업을 빠지는 건 드문 일이 아니었고, 학과 수업보다는 동아리 활동에 더 열심히 참여했다. 수업이나 동아리 활동이 끝나면 친한 친구 몇몇과 학교 앞에서 술을 마시며 놀기 바빴다. 그렇게 목적 없이 대학에 다니다 군대에 갔고, 제대와 함께 고민이 시작되었다.

이런저런 길을 거쳐 미국으로 가게 되었고, 미국에서 2년이 조금 안 되는 기간을 모바일 콘텐츠 회사에서 일하고 다시 한국으로 돌아왔다. 그렇게 한국에서 약 10여 년간 직장 생활을 했다. 짧지 않은 그 시간 동안 연예인 매니지먼트사, 예고편 제작사, 애니메이션 제작사, 프리랜서, 그리고 케이블 방송사를 거치며 일했다. 결혼하고 아이도 생겼다. 아내에게서 첫째 임신 소식을 들은 날 내 의지와 관계없이 회사를 그만두어야 했고, 아내에게 해고 사실을 알릴 수 없어 매일 거짓 출근을 하며 편의점에 앉아 혼자 컵라면으로 점심을 먹기도 했다. 확실한 인맥도 없으면서 무모한 프리랜서 생활을 했고, 이 직종에서는 흔치 않은 9시 출근 6시 정시 퇴근의 생활도 누렸다.

한국에서의 첫 직장은 당시 한류 열풍을 이끌던 어느 배우의 소속사였다. 당시 대표로 계시던 분께서는 단순 연예인 매니지먼트를 넘어, 자체 제작과 영화제에 큰 열의를 가지고 계셨고, 그 분야에 자신의 힘을 집중하기 위해 대표직에서 내려와 제작만을 담당하며 함께 일할 사람을 찾고 있었다. 면접에서 이분의 계획을 듣고 무척 흥미롭다고 생각했다. 그렇게 미국에서의 생활을 접고 한국으로 돌아왔다.

어느 토요일. 모처럼 부모님이 계시는 고향에 내려가려고 고속버스 터미널에 도착했을 때였다. 전화벨이 울렸고, 발신자 표시창에 매니저 중 한 사람의 번호가 떴다. 지금이야 이런 일이 생기면 아마 전화를 받지 않고 무시할 것이다. 주말은 가족과의 시간이기 때문이다. 당시엔 그런 생각을 할 겨를도 없이 무심코 통화 버튼을 눌렀고, 받자마자 어디냐는 질문이 쏟아졌다. 인사를 하며 부모님 댁에 가기 위해 터미널에 왔다고 답하니 수화기 너머에서는 지금 광고 촬영을 가야 하는데 나도 같이 가야 한다는 게 아닌가. 그런 걸 이제야 얘기하면 어떡하냐고 소심하게 불평도 해 보았지만, 막무가내로 밀어붙이는 그를 이길 수는 없었다. 결국 그렇게 발길을 돌려 출근했다. 이런 일은 2년 동안 심심찮게 반복되었고, 나중엔 그리 특별한 일도 아닌 게 되었다. 주말에도 언제 울릴지 모르는 전화벨 소리, 언제 어떻게 변할지 모르는 일정에 불안정한 생활이었다.

A회사에 근무할 때였다. 출근 아침 9시. 퇴근 저녁 9시. 12시간 근무이니 좀 힘들긴 하지만 나쁘진 않다? 아, 그런데 출근과 퇴근이 같은 날이 아니었다. 출근 오늘 9시, 퇴근 내일 저녁 9시. 36시간 근무가 다반사였다. 젊을 때 고생은 사서도 한다는데, 그 정도는 감수한다는 마음으로 일했다. 당시 아내는 첫째를 임신 중이었고, 그런 아내를 집에 혼자 두고 일주일 대부분을 회사에서 보내야 한다는 건 그리 바람직한 생활이 아니었다. 정해진 출퇴근 시간도 없었다. 그야말로 '눈치껏' 출근하고 '눈치껏' 퇴근하는 시스템이었다. 밤샘 후 다음 날 오후 대여섯 시에 출근하는 나를 오후 느지막이 출근한 상사가 못마땅한 눈으로 쳐다보며 눈치를 주었다.

그는 이런 열악한 근무 환경을 '자유로운 출퇴근'이라는 말로 방어하곤 했다. 우리나라 문화에서 그게 어디 쉬운 일인가. 자기 스스로 일정을 조정할 수 있는 팀장급이라면 모르겠지만, 그 아래의 사람들에겐 허울 좋은 구호에 지나지 않는 게 일반적인 현실이다. 코로나를 지나면서 한국도 이 부분이 그나마 많이 좋아졌다고 한다.

그렇게 조금씩 회의를 느끼며 불만이 쌓이던 내 마음에 기름을 붓는 일이 생겼다. 어느 날, 신입사원의 면접에 참여했던 팀장이 불평이 가득한 표정으로 방에 들어와 이렇게 말했다.

"정말 실망이에요. 면접에서 그 사람이 면접 온 사람에게 뭐라는지 알아요? 우리는 돈 많이 못 주고 일도 힘들다. 그래도 일할래? 이러더라고요. 아니, 돈을 많이 못 주면 비전을 보여 줘야지. '돈 얼마 못 받아도 네가 원한다면 일하게 해 줄게'라니."

신입사원 면접 중 나온 이 발언은 회사가 직원을 어떻게 대하는지를 대변해 주는 한 마디였다. 어차피 우리나라 어디에도, 아니 어쩌면 지구상 어디에서도 자기가 완벽히 만족할 만큼의 경제적 대가를 받으면서 일하기란 거의 힘든 일일 것이다. 어디든 힘들다. 하지만 그것을 당연시하는 건 다른 문제다.

A회사를 떠나고 한동안 프리랜서로 일했다. 미처 제대로 함께 일할 수 있는 클라이언트를 잡지도 못한 상

태로 무작정 벌인 일이었으니 무모했다. 다행히 몇몇 뮤직비디오 편집이나 예고 편집을 할 수는 있었지만, 이대로 내가 제대로 가정을 지탱할 수 있을까 하는 고민이 커져만 갔다. 그렇게 고민이 눈덩이처럼 커질 즈음, 대기업 소속의 외국계 케이블 방송사 채널이 론칭하면서 OAP On Air Promotion 팀의 편집팀장을 구한다는 소식을 접했다. 하는 일은 내 담당 프로모들을 편집하면서, 팀원들이 진행하는 프로모도 함께 챙기고 체크하는 일이었다. 프로모들은 사실상 거의 짜인 공식에 작품만 대입하듯이 제작되었고, 일은 힘든 것이 없었다. 9시 출근에 6시 정시 퇴근. 예외 없이 이어지는 규칙적인 일정 덕에 출퇴근 지하철에서 많은 책을 읽고, 출근 전 회사에서 지원해 주는 곳에서 운동하고, 퇴근 후엔 일주일에 한 번씩 작은 모임을 통해 영화평 쓰기에 관한 공부를 하고, 그 글을 웹진에 기고도 할 수 있었다. 굴곡 없는, 하루하루가 똑같은 직장인의 삶이었다.

물론 직장이 가장 결정적인 문제는 아니었을 것이다. 문제는 언제나 외부가 아닌 내 안에 존재한다. A회사에서 참고 진심으로 열심히 일했다면 상황은 더 좋아졌을지 모른다. B회사에 계속 있었다면 하루하루가 똑같아 보이던 길을 지나 미처 생각하지 못했던 새로운 길이 보였을지도 모른다. 어쩌면 그 어느 곳에서도 나는 마음을 다해 일하지 않았던 게 아닐까 하고 되돌아보곤 한다.

당시엔 어찌 되었든 큰 변화를 이뤄야겠다는 결심을 했다. 지하철 창을 통해 보이는 깜깜한 지하의 모습을 보며 10년 후의 모습을 떠올리니 지금과 크게 달라질 게 없을 것 같았다. 뭔가 변화가 필요하다고 생각이 들었다. 아내와 이제 막 두 살이 된 아이. 가족을 부양해야 한다는 가장의 흔한 책임감. 고민에 고민을 거듭했고, 당장보다는 조금 더 먼 훗날을 생각해 변화를 일으키자 마음먹었다. 늦은 나이지만 대학원 진학으로 길을 잡았고, 아내와 나는 어린 딸의 손을 이끌고 한국을 떠나기로 했다.

아무도 모르는 곳에서 다시 시작하기

할리우드에서 편집하고자 하는 사람들, 그중에서도 드라마나 영화 편집을 하고자 하는 사람들이 처음 고민하는 것은 다른 어떤 분야와 마찬가지로 어떻게 그곳에, 그 분야에 처음 들어가느냐 하는 문제다. 어떻게 그 세계로 진입할 수 있느냐 하는 문제는 취업의 문 앞에 서 본 사람이라면 누구나 고민하는 일이다. 누구나 쉽게 편집 프로그램에 접근이 가능하고 조금만 배우면 편집이 가능한 요즘, 이 진입장벽을 쉽게 여길 수 있다. 하지만 유튜브 편집이 아니라 드라마나 영화를 편집하고자 한다면 그 진입장벽의 높이는 그리 만만한 게 아니다. 이 벽을 넘을 때 필요한 것 중 하나가 누구를 아느냐, 즉 인맥이다.

예를 들어, A라는 TV 드라마에서 사람이 필요하다고 하자. 1시간짜리 드라마를 기준으로 했을 때 미국 드라마 편집팀은 일반적으로 에디터 세 명과 어시스턴트 에디터 세 명으로 구성된다. 조금 더 범위를 넓히면 포스트 프로덕션 슈퍼바이저, 포스트 프로덕션 코디네이터, 그리고 포스트 프로덕션 어시스턴트도 포함된다. 일반적인 기업이라면 아마도 채용 공고가 인터넷과 지면을 통해 나갈 터다. 경력자가 아닌 이제 막 처음 일을 시작하는 사람도 상관없다면, 관련 학교와 학과로 협조문이 나갈지도 모르겠다. 하지만 이 분야는 철저히 그들 자신의 인적 네트워크를 중심으로 돌아가고 있다.

"이번에 우리 작품 시작하는데, 너 혹시 아는 사람 있어?"

이 한마디로 사람을 구한다. 만일 이 A라는 작품에 이미 참여하고 있는 사람을 직간접적으로 알지 못한다면 이 작품에 참여한다는 것은 사실상 거의 불가능하다고 봐야 하는 셈이다. A라는 작품에서 사람을 찾는다는 소식조차 듣지 못하고 지나가게 되니, 이력서를 보낼 기회도 없이 지나간다. 그런 기회가 있었다는 것조차 모른 채로 말이다.

× 무작정 연락하여 만난 케빈 ×

미국에서 지내던 당시 좋아하는 작품의 에디터나 어시스턴트 에디터의 연락처를 알아내 그들에게 만나고 싶다고 연락하곤 했다. 그들이 당장 나에게 어떤 일자리를 제공해 주기를 바란 것은 아니다. 그러길 바란다면 언감생심이겠다. 일단 그들에게 내 얼굴을 내보이고, 한번 만난다는 사실이 중요했다. 지금이 아니라 미래를 길게 본 포석이랄까? 물론, 그들에게 이메일을 보낼 때 이러한 점을 정확히 밝혀야 한다. 나는 당신의 작품을 좋아해서 당신을 만나 이야기를 듣고 싶다, 당신의 작품과 같은 좋은 작품을 하는 게 내 희망이며, 당신에게서 잠깐이나마 이야기를 들을 수 있다면 나에게 아주 큰 도움이 될 것이라고. 만일 일자리를 찾고 있는데 너와 만나고 싶다고 한다면? 이미 알고 지내던 사람이라면 모르겠지만, 생판 모르는 사람에게서 이런 연락을 받는다면? 나라도 부담스러워 선뜻 만나길 주저하게 될 것이다.

만나고 싶은 에디터가 있어도 그들의 연락처를 알아내기란 쉬운 일이 아니었다. 그러던 게, 졸업 후 얼마 안 되어 영상편집자조합Motion Picture Editors Guild에 가입하게 되면서 길이 열리기 시작했다. 그동안 만난 사람들을 통해 네트워크를 넓힌 덕도 있었지만, 편집자조합의 웹사이트에 있는 에디터와 어시스턴트 에디터들의 연락처 정보에 접근할 수 있게 된 덕분이었다. 이렇게 알게 된 정보를 통해서 그간 만나고 싶던 에디터들에게 이메일을 꽤 보냈고, 그렇게 해서 만나게 된 에디터 중 〈다운사이징〉〈사이드웨이〉 등 알렉산더 페인Alexander Payne 감독과의 작업으로 유명한 케빈 텐트Kevin Tent가 있다.

케빈에게 만나서 이야기하고 싶다는 이메일을 보내자 그에게서 곧 좋다는 답장이 왔다. 그도 나도 일 때문에 바쁘다 보니 당장 만나기는 힘들었고, 처음 이메일을 주고받기 시작하고 얼마 후에야 시간을 맞출 수 있었다. 케빈은 토요일 아침에 만나는 게 어떠냐고 물어왔다. 토요일이면 우리말을 잊지 않도록 하기 위해 딸을 한글 학교에 보내는 날이었는데, 학교에 내려 주고 약속 장소에 갈 시간을 재어 보니 딱 들어맞을 것 같아 좋다고 회신했다.

케빈을 만난 것은 토요일 이른 아침 파라마운트 영화사 앞 카페였다. 근처에 당시 편집 중이던 〈다운사이징〉 편집실이 있어 케빈이 그쪽에서 만날 것을 제안했다. 날이 좋은 이른 주말의 아침은 커피를 마시며 누군가와 이야기를 나누기 딱 좋은 조건이었다. 딸을 한글 학교에 내려 주고, 차를 몰아 약속 장소에 도착했다. 먼저 커피를 주문하고 자리에 앉아 그를 기다렸다. 약속 시간이 되자 수수한 옷차림에 안경을 쓰고 다소 벗겨진 머리에 온화한 미소를 띤 케빈이 카페에 들어섰다. 좋은 음악, 그의 미소, 좋은 커피 향. 모든 게 딱 좋은 분위기였다. 케빈은 나에 대해서 이것저것 물어보았고, 이야기를 주의 깊게 들어주었다.

유튜브에 올라가 있는 동영상이나 지면의 인터뷰로만 접했던 케빈을 직접 만난다는 생각에 긴장하고 있었다. 하지만 케빈의 친절함 덕에 긴장을 다소 풀 수 있었고, 편하게 많은 이야기를 나눌 수 있었다. 일에 관한 이야기는 물론 그의 아들 이야기를 비롯한 이런저런 사소한 개인적인 일들까지도 말이다.

그 후에도 우리는 이메일이나 전화로 종종 소식을 주고받았다. 둘 다 가족들과 함께 같은 곳으로 여행을 떠나는 것을 알고 날짜를 물었지만, 날짜가 맞지 않아 아쉬워하기도 했다. 케빈의 집 근처 공원의 야외 카페에서 주말 아침 일찍 산의 시원한 공기와 함께 대화를 나누기도 했다. 두 작품에서 오퍼를 받고 어찌할지 결정이 되지 않아 케빈에게 전화를 걸었고, 그는 진지하게 조언해 주었다.

케빈과는 한 작품에서 일할 기회를 한 번도 얻지 못했다. 그렇지만 그게 큰 문제는 아니었다. 늘 나보다 경험 많은 누군가 내 이야기를 들어준다는 게, 물어볼 누군가가 있다는 게 큰 의지가 되었다. 매년 에디터와 어시스턴트 에디터 등 편집에 종사하는 사람들을 위한 행사인 에딧페스트EditFest가 있다. 원래는 이틀에 걸쳐 오프라인으로 진행되었는데, 2020년엔 코로나로 인해 온라인으로 진행되었다. 여러 프로그램 중 케빈이 패널로 나서 모더레이터와 일대일로 대화를 나누고 관객들의 질문을 받는 시간이 있었다. 그곳에서 나를 발견한 케빈이 사람들에게 "잘 아는 사이다. 무척 좋은 사람이다."라고 말해 주었을 때 뭐라 형용할 수 없는 감사함을 느꼈다. 직업적인 관계가 아니라, 한 명의 사람으로서 나를 좋다고 표현해 주는 그에게 무척 고마웠다. 당신이 먼 외국에서 그런 사람 하나쯤 알고 있다면 그와 일을 함께하지 않더라도 큰 의지가 될 것이다.

× 지인의 소개로 만난 톰 ×

AFIAmerican Film Institute 재학 당시 선생님의 소개로 만나 함께 잠깐 일을 한 이후, 멘토 역할을 자처하며 나를 물심양면으로 도와주었던 쉐런이라는 고마운 사람이 있다. 그녀가 어느 날 내게 '톰'과 점심 먹을 시간이 있냐는 내용의 이메일을 보내왔다.

그녀가 말하는 '톰'은 영화 〈위플래쉬〉로 아카데미에서 편집상을 받고, 당시 〈라라랜드〉를 편집 중이던 톰 크로스Tom Cross였다. 내일이라니. 당시 일을 하고 있던 나로서는 시간을 낼 수 있을지 걱정되어 조금 당황스러

웠지만, 이내 그런 건 문제가 되지 않았다. 그런 좋은 기회를 놓칠 수는 없었다.

"물론이지. 몇 시에 어디로 가면 되는데?"
"톰이 지금 일하고 있는 편집실이 유니버설 근처야. 건너편에 식당이 있는데 거기서 보면 좋겠다고 하네. 주소 보낼게."

이런 만남, 그러니까 바쁜 사람과 만남이 있을 땐 명심할 것이 하나 있다. 이들은 바쁜 시간을 쪼개어 나에게 호의를 베푼다는 사실이다. 사실 이 당시엔 이것을 정말 제대로 이해하지 못하고, 그저 막연히 그런 것이리라 하고 짐작하는 수준이었다. 내 경험이 쌓이고, 내가 다른 사람들을 만나 도와줄 일이 생기면서 단 1시간이라도 평일에 시간을 낸다는 게 얼마나 힘든 일인지 깨달았다. 게다가 매일 스케줄이 변동되고, 심할 땐 그날 점심나절이 되어서야 오후 일정이 어떻게 될지 아는 상황도 부지기수니 말이다. 따라서 이런 만남에서는 그들이 아니라 내가 대화를 이끌 수 있도록 해야 한다. 그들에게 질문을 던지고, 내가 그들을 정말 만나고 싶어 했고, 그들에게서 이야기를 듣고 배우고 싶어 한다는 인상을 주어야 한다. 만일 바쁜 시간을 쪼개어 나와 만나고 싶다는 사람을 만났는데, 그가 내 앞에서 아무 말도 없이 멀뚱멀뚱 내 얼굴만 쳐다본다면? 나로서도 할 말이 없고, 시간을 낭비했다는 생각까지 들지도 모를 일이다. 이렇게 되면 이 소중한 만남은 단 한 번의 만남으로 그칠 뿐, 지속적인 관계로 이어지기가 쉽지 않다. 톰과의 만남이 결정된 그날 저녁. 바로 이런 걱정을 하며 그에게 어떤 질문을 할지 노트에 적기 시작했다.

식당에 먼저 도착한 나와 쉐런은 창가에 자리를 잡고 앉았다. 잠시 후 저쪽에서 길을 건너는 톰이 보였고, 곧 커다란 웃음과 함께 식당으로 들어왔다. 하지만 내 머릿속은 그런 웃음을 만끽할 여유 없이 바쁘게 돌아가고 있었다.

'무슨 질문을 처음 하는 게 가장 효과적일까?'

내가 미처 먼저 어떤 질문을 하기도 전에 톰이 내게 이런저런 질문들을 쏟아붓기 시작했다. 톰은 식사 내내 환한 웃음을 보이며 유쾌하게 이야기를 이끌었고, 난 그런 그가 내심 고마웠다. 그에게 질문을 하면 그는 이내 환한 미소와 함께 열정적으로 이야기를 시작했고, 나도 '또 어떤 질문을 해야 하지?'라는 걱정을 할 필요 없이 자연스레 대화를 이어갈 수 있었다. 식사를 마칠 무렵, 톰은 우리에게 함께 편집실에 가서 좀 더 이야기하지 않겠냐고 제안했다. 쉐런과 나는 처음엔 더 이상 그의 시간을 뺏을 수 없다며 사양했으나 톰은 괜찮다며 우리를 그의 편집실로 안내했다. 〈라라랜드〉의 편집이 막바지에 이르고 있던 그의 편집실은 제법 아늑한 분위기였고, 그곳에서 우리는 한동안 이야기를 더 나눌 수 있었다.

✕ 친구 식당 단골, 테리 ✕

미국에 있을 때 크게 세 가지의 경로로 인적 네트워크를 넓히고자 노력했다. 첫째는 AFI 선배들을 통해, 둘째는 함께 일하게 되는 사람들을 통해, 셋째는 무작정 당신을 만나고 싶다는 이메일을 통해서였다. 그런데 이 세 가지 경우와는 달리 조금은 특이한 경로로 누군가를 만나게 된 경우가 있었다.

2012년 나와 아내가 어린 딸을 데리고 미국에 처음 갔을 때 그곳에 우리가 아는 사람이라곤 단 한 명이었다. 바로 아내와 동갑내기 딸을 키운다는 공통분모로 블로그를 통해 우정을 나누던 한 여성분이었다. 아이를 키우는 철학에 대해 아내와 내가 배울 것이 참 많은 분이었다. 블로그로만 알다 미국에 와서 처음 만난 아내를 너무나도 반갑게 맞아 주었고, 그녀는 아는 사람 하나 없는 곳에서 삶을 시작해야 했던 아내에게 많은 힘이 되지 않았나 싶다. 어느 날, 그들 가족과 함께 저녁을 하는 자리였다. 당시 그녀의 남편은 웨스트 할리우드에서 일식당을 운영 중이었는데, 그의 식당에 자주 오는 손님 중 드라마를 편집한다는 사람이 있다고 했다. 그는 나를 위해 혹시나 하고 명함을 받아 두었다며 오늘 가져오는 것을 깜박해 내일 사진으로 찍어서 보내 준다는 말을 덧붙였다.

"아, 정말요? 고마워요."
"이름이 테리인데, 〈홈랜드〉 편집한대요."

당시엔 아직 AFI를 졸업하지 않은 상태였는데, 어

떻게든 좀 더 많은 사람을 만나서 인맥을 넓히려고 애쓰던 시절이었기에 반갑고 고마운 소식이었다. 게다가 개인적으로 좋아하고, 또 유명한 작품인 〈홈랜드〉의 에디터인 테리 켈리Terry Kelley라니 더할 나위가 없었다. 다음 날 그는 약속한 대로 사진을 보내 주었고, 나는 테리에게 당장 문자를 보냈다. 테리는 시간이 된다면 본인이 일하는 편집실로 오지 않겠냐며 금세 답장을 보내왔다.

날씨가 제법 좋았던 어느 날, 제대로 된 드라마 편집실에 가는 것은 처음이라 설레는 마음으로 소니 스튜디오의 주차장에 차를 주차한 후 그의 편집실에 들어섰다. 테리는 〈홈랜드〉 마지막 회 편집에 한창이었다.

길면 30분 정도 앉아서 잠깐 이야기 정도 하지 않을까 했던 기대와는 달리, 테리는 약 1시간 동안 자신이 편집하는 모습을 지켜볼 수 있도록 해 주며, 편집에 대해 이런저런 설명을 해 주었다. 당시에도 물론 큰 고마움을 느꼈지만, 그 후 몇 년 동안 TV 편집 분야에서 일하며 스케줄이 얼마나 빠르고 바쁘게 지나가는지 알게되고 나니, 그가 당시 내게 정말 큰 시간을 할애했다는 것을 새삼 느끼게 되었다.

〈더 볼드 타입〉에서 일하고 있던 어느 여름, 주차장에서 길을 건너 스튜디오로 들어오는데 어떤 남자가 내게 다가오며 말을 걸었다.

"혹시 여기에서 일해요?"
"네."
"아, 그렇군요. 그럼, 여기⋯."

남자는 자신의 주머니에서 개인 명함을 한 장 꺼내어 내게 건네주었다. 자신은 다른 주에서 얼마 전에 L.A로 이사를 왔는데 TV 쪽에서 일을 찾고 있다며, 혹시 사람을 구한다는 얘기를 듣게 되면 자신의 명함을 전해 주면 좋겠다고 부탁했다. 그의 명함에 적힌 포지션을 보니 내가 일하는 분야가 아니라 나보다는 다른 사람들에게 주는 게 더 좋겠다고 했지만, 그는 괜찮다며 명함을 내 손에 쥐어 주곤 사라졌다. 지금도 그곳 거리 어딘가에서는 수많은 사람이 자신이 원하는 곳으로 들어가는 문을 열고자 분주히 움직이고 있을 것이다.

나는 이 글을 비롯해 여러 자리에서 네트워킹의 중

요성을 강조했다. 이는 '아무도 모르는 곳에서' 새로 시작해야 하는 특수성이 고려된 상황에서는 누구를 아는가가 무척 중요하기 때문에 좀 더 강조한 것임을 밝히고 싶다. 무슨 일이든 가장 중요한 건 언제나 본인의 실력과 그것을 꾸준히 이끌고 노력하는 성실함이다.

'진짜' 편집을 하려면 영화 편집을 해야지

편집실이라고 하면 사람들은 일단 어둡고 창문 없는 답답한 공간을 떠올린다. 실제로도 그런 공간이 많다. 나는 그런 공간보다는 창문이 있고, 햇빛이 잘 드는 조금은 밝다고 여겨질 수 있는 공간을 선호한다. 기회가 있을 때마다 햇볕이 따스하게 잘 드는 커다란 목제 테이블이 있는 작업실을 갖는 게 꿈이라고 주변 사람들에게 말하곤 한다. 그래서인지는 모르지만 일을 할 때도 사운드 믹싱 등 특별한 경우가 아니면 방문을 열어 놓고 작업을 한다. 그날도 그렇게 문을 열어 놓고 작업을 하던 참이었다. 여느 때와 마찬가지로 전날 촬영되어 밤사이 편집실로 전달된 데일리스를 정리 중이었다. 열어 놓은 문을 통해 두 동료가 복도에서 나누는 이야기가 들려왔다.

"영화 쪽에서 일할 때 내가 싫어하는 것 중 하나가 뭐였는지 알아? 같은 걸 1년 동안 계속 보고 보고 또 봐야 한다는 거야."

모든 의사는 사람의 병을 돌보는 일을 하지만 그 안에 외과, 내과, 피부과, 안과 등등 세부 분야로 나뉘어 각자의 전공을 두고 업에 종사한다. 요리사도 마찬가지다. 음식을 만든다는 대전제는 같지만, 어떤 요리사는 중식 전문, 어떤 요리사는 한식을 전문으로 요리해서 사람들에게 내놓는다. 에디터도 비슷한 상황에 빠질 수 있다. 어느 것이 좋은지 나쁜지는 좀 더 고민할 문제지만, 많은 에디터가 크게는 TV 드라마 편집과 영화 편집 사이에서 자의로든 타의로든 선택을 하게 된다. 또 커리어 대부분에 걸쳐 그쪽에 집중한다.

영화 편집이든 TV 드라마 편집이든 아무런 제약 없이 어느 쪽이나 할 수 있다면야 더할 나위 없이 좋겠지만, 현실은 그렇지 못하다. 조금 다른 시스템 탓에 서로 상대 쪽에서 넘어오는 사람을 쉽사리 믿지 못하는 경향이 있다. 심한 경우엔 경력이 있는 사람들까지 거의 초보자 취급을 하기도 한다. 경력의 단절 수준까지는 아니더라도 다소 억울한 상황이 벌어질 수 있는 것이다.

TV 드라마 〈브레이킹 배드〉로 에미상을 수상한 에디터인 켈리 딕슨Kelley Dixon과 이른 아침 커피를 마시며 이야기할 기회가 있었다. 며칠 후면 그녀의 첫 번째 영화를 편집할 예정이었는데, 그녀 역시 그 작품의 에디터로 결정되기 전까지 제작사로부터 그런 취급을 받았다는 얘기를 들려주었다. 에미상을 수상하고도 '너 영화 편집할 수 있겠어?'라는 의심의 눈길을 받다니. 꽤 오래전 2~3년 동안의 경력을 무시하고 신입으로 들어와야 한다는 말을 들었던 어느 광고 편집 회사에서의 면접이 떠오른다.

아직 학생이던 시절 어느 선배와 영화와 TV의 선호도에 관해 이야기할 기회가 있었다. 그 선배는 TV 드라마를 주로 하는 에디터인데, 마침 당시 영화를 한 편 끝내고 난 참이어서 그에게 영화와 TV 중 어느 쪽이 더 마음에 드는지 물었다.

"난 TV가 훨씬 좋아. 솔직히 얘기해서 나쁜 신은 아
무리 계속 노력해도 어느 이상 좋아지지 않잖아?
영화 편집을 하게 되면 그런 신을 붙잡고 어떻게든
길을 찾기 위해서 오랫동안 끙끙대야 하는데, 난 그
건 시간 낭비라고 생각해. 재미도 없고, 힘들기만
하지. 그에 비해서 TV는 계속해서 새로운 재료들이
공급되잖아. 끊임없이 말이야. 매일매일 새로운 걸
가지고 일할 수 있으니 얼마나 재미있어?"

이 이야기를 처음 들었을 땐 속으로 '그런 유치한
이유라니'라고 생각했다. 이때만 해도 TV보다는 영화에
애정이 훨씬 많았고, 어쩌면 TV를 살짝 무시하고 있었
을지도 모르겠다. 빠른 스케줄 속에서 기계처럼 작업하
는 게 분명하다고, 아직 TV에서 일하지도 않으면서 섣
불리 단정 짓고 있던 것이다. 부끄러워진다. 변명하자면,
몸으로 더 겪기도 전에 이런 생각을 했던 데엔 우리나라
에서 일했던 경험도 한몫했다. 짧게는 하룻밤 안에 편집
을 끝내야 하는 일도 있었을 정도로 타이트한 스케줄 속

에서 일을 했고, 그런 스케줄 속에서 '기계'가 되지 않기란 쉬운 일이 아니었다.

TV 드라마의 경우, 작품마다 차이는 있겠지만 대체로 프로덕션 기간을 포함해서 한 달에 에피소드 하나 정도를 끝낸다. 빠듯한 일정으로 일을 하다 보니 자신의 의지와는 상관없이 마치 공장에서 상품을 찍어 내듯 기계적으로 일할 가능성이 늘 도사리고 있다. 좀 더 좋아질 수 있는 편집을 시간에 쫓겨 적당한 선에서 스스로 타협하고 마무리하는 상황이 충분히 생길 수 있다.

급박한 스케줄의 TV에 비해 영화는 한 작품을 하는 데 시간을 좀 더 할애한다. 몇 개월은 기본이고, 장편 애니메이션의 경우엔 몇 년도 걸린다. 한 프레임 한 프레임 다듬고, 이 숏에서 다음 숏으로 넘어가는 것에 대해 깊이 생각할 시간을 갖는다. 신과 신의 구성, 그리고 이번 신과 다음 신의 연결은 어떻게 하면 좀 더 효과적일 수 있을까에 대해서도 깊이 생각한다. 미드를 기준으로 42분에 편집만 따지면 대략 3주 정도인데, 영화는 90~120분에 수개월이니 TV 드라마 편집하는 사람이라면 '도대체 저 긴 시간 동안 뭐 하는 거야?'라는 의문이들 만도 하다.

그렇다고 TV 드라마 편집을 할 때 이러한 부분에 대해 생각하지 않을까? TV에서 편집에 쏟는 시간이 더 짧다는 것은 어쩔 수 없는 물리적 현실이다. 하지만 이야기를 더 잘 만들기 위해 편집실에서 이뤄지는 고민의 내용과 질은 그곳이 영화 편집실이건 드라마 편집실이건 다를 것이 없다.

몇 년 동안 TV 드라마 일만 했다. 이렇게 된 데는 우연히 시작했던 드라마를 통해 사람들과의 인연이 맺어지고, 드라마를 했다는 경력이 쌓이게 되었기 때문이다. '난 꼭 TV 드라마를 할 거야'라는 적극적인 의도가 있어서가 아니다. 처음엔 여전히 다음 작품은 영화로 하겠다는 마음이 있었지만, 지금은 좋은 작품이라면 어디든 상관없다. 이는 내가 이 안에 들어와서 직접 몸으로 더 부딪히면서 TV 드라마 편집은 영화 편집보다 더 하찮다는 생각이 근거 없는 편견에 불과했다는 것을 깨달아서다.

이전 이야기

결혼 전 한국에서의 첫 직장은 연예 매니지먼트 회사였다. 그 후로 예고편 제작사, 케이블 채널 방송국 등 여러 회사를 거치며 영상을 편집하는 일을 했다. 회사 소속으로 일할 때도 있었고, 프리랜서로 일할 때도 있었다. 고용 형태에 관계없이 장편 애니메이션 편집을 했던 1년 반의 시간을 제외하면 다루어야 했던 영상은 언제나 같았다. TV 드라마나 영화의 예고 혹은 뮤직비디오였다. 이 당시 하던 일이 재미 없던 것은 아니었지만, 늘 마음 한편엔 본편 편집을 하고 싶다는 바람이 강하게 자리하고 있었다. 그 마음에 다른 여러 생각들이 섞여 결국 미국에 갔고, 그 후로 이렇게 계속 바라던 일을 하고 있다.

드라마는 대부분 2회부터 본 이야기가 시작되기 전 이전 회에서 어떤 이야기가 있었는지 짧게 요약하여 보여 주는 '이전 이야기'가 붙는다. 오늘 볼 에피소드에서 벌어질 이야기를 보기 전 어떤 일들이 있었는지 보여 줌으로써 시청자가 오늘 보게 될 이야기를 편하게 이해하고, 본 이야기 역시 더욱 풍성하게 해 주기 위함이다. KBS 드라마인 〈아이리스〉와 관련한 일을 한 적이 있다. 이때도 회차마다 '이전 이야기'가 붙었다. 또 한 회씩 걸러 가면서, 그러니까 목요일 방송분 끝자락에 다음 주 수요일 방송분에 대한 '다음 이야기'가 붙었다. 이 두 가지를 편집하는 일을 맡았었는데, 늘 짧은 시간과의 싸움으로 밤샘은 당연한 일이었다.

미국의 드라마 역시 많은 경우 '이전 이야기'가 매 회 첫 시작에 붙는다. 이것을 편집하는 게 내 업무 중 하나다. 한국을 떠나면서 예고 편집은 더 이상 하지 않겠노라 마음속으로 생각했는데…. 물론 '이전 이야기'가 '예고편'은 아니다. 하지만 이 둘을 비교해 보면 둘의 구성이나 목적은 사뭇 비슷하는 것을 알 수 있다. 실제로

〈아이리스〉는 다음 이야기를 따로 떼어 내 예고로 사용했다.

　'이전 이야기'는 단순히 지난 회에서 무슨 일이 있었는가를 보여주는 게 아니라, 이번 회에서 일어날 일이 시청자에게 더 효과적으로 다가올 수 있도록 그 밑바탕을 깔아 주는 역할을 해야 한다. 이를 위해서는 내가 알아서 편집을 시작할 수도 있지만, 각 에피소드를 집필한 작가에게 '이전 이야기'에서 어떤 것들이 다뤄지면 좋을지 논의하는 것이 효과적일 수 있다. "이번 에피소드에서 당신이 쓴 이야기를 더욱 효과적으로 만들려면 지난 회에서 일어난 일 중 뭘 넣는 게 좋겠어요?"라고 물어보는 거다. 결코 일을 쉽게 하려는 꼼수는 아니다.

　이때 작가들이 보내 준 내용을 40여 초의 시간에 빠짐없이 죄다 집어넣는 것은 불가능하다. '이전 이야기'는 대체로 30초에서 1분 사이고, 〈로즈웰, 뉴 멕시코〉의 경우엔 45초가량이 목표였다. 작가들이 원하는 내용을 모두 넣다 보면 1분은 훌쩍 넘어가기 일쑤다. 따라서 그들이 보내 준 내용을 바탕으로 취사선택하여 효과적으로 구성하는 게 중요하다.

나에게는 이전 이야기를 편집하는 것이 다소 귀찮은 일이다. 나와 달리 이런 편집을 좋아하고 더 나아가 결국 예고편 편집을 업으로 살아가는 수많은 사람도 있다. 비록 길이는 짧지만 그 자체로 하나의 완전성을 갖춰야 하는 게 이전 이야기다. 이어서 볼 본 이야기의 예고편인 셈이다. 그렇지 않아도 바쁜 일정 속에서 이를 편집하는 것은 그리 녹록지 않다. 하지만 이전 이야기 편집은 어시스턴트 에디터에겐 자신의 편집 능력을 함께 일하는 에디터와 프로듀서들에게 보여 줄 좋은 기회가 될 수 있다.

미국은 어시스턴트 에디터로만으로도 평생 일할 수 있는 환경이지만, 그래도 대부분의 어시스턴트 에디터는 에디터가 되고자 하는 사람들이다. 그들이 에디터가 되기 위해서는 내 편집 실력이 이 정도라는 증거가 필요하다. 내가 에디터를 고용하는 입장이더라도 내가 믿는 누군가가 그를 보증하거나 그가 편집한 것을 내가 본 적이 있어야만 고용할 수 있을 터이다. 미국 드라마에서 어시스턴트 에디터가 편집 기간 주로 하는 일엔 사운드 작업과 임시 VFX 작업이 있다. 시간이 많이 들고 중요한 작업이지만 편집 실력을 증명하기 위해선 충분치 않다. 따라서 이전 이야기는 좋은 기회가 될 수 있다. 쇼러너에게 단순히 기술적인 면뿐만 아니라, 이 작품을 얼마나 잘 이해하고 있는지 증명하는 기회가 되기도 한다.

1시간짜리 드라마 기준, 미드는 일반적으로 편집팀이 세 명의 에디터와 세 명의 어시스턴트 에디터로 구성된다. 그리고 한 명의 에디터와 한 명의 어시스턴트가 하나의 페어가 되어서 담당 에피소드를 작업하는 형태다. 어시스턴트 에디터는 이렇게 자신과 페어를 이루는 에디터와 가장 많은 접촉을 하게 된다. 그런데 이전 이야기를 편집할 땐 작가, 쇼러너와 함께 이야기하고 작업할 수 있는 기회가 주어진다. 이 얼마나 좋은 기회인가?

노조? 데모하는 데 아냐?

미국에서 처음 일을 시작할 때 흔히 겪었던 대화가 있다.

> "이번에 A 작품에서 사람 구한대. 내가 아는 사람이 있으니까 네 이력서 보내 줄게."
> "아, 좋지. 이력서 최근 걸로 곧 보내 줄게."
> "참, 조합Union엔 들어갔지?"
> "어? 아, 아직."
> "아, 그래? 그럼 안 되겠네. 이거 유니온 쇼Union

show거든.”

혹은, 이런 대화도 있었다.

“얼마 전에 일이 끝나서 요새 일을 찾고 있어. 혹시
듣는 게 있으면 좀 알려 주면 좋겠어.”
“응. 물론이지. 내가 듣는 건 거의 유니온 쇼인데, 조
합엔 들어갔어?”
“아직. 두어 달 정도 더 있어야 할 것 같아.”
“그래? 아쉽네. 네가 조합에 들기 전엔 내가 딱히 알
려 줄 수 있는 게 없을 거야.”

시청자 입장에서는 상관이 없지만, 작품에 참여하
는 입장에서는 TV나 영화 작품을 구별하는 방법 중에
이것이 유니온 쇼냐 논-유니온 쇼Non-union show냐 하는 게
있다. 유니온 쇼는 작품에 참여하는 모든 인력(배우와 모
든 스태프)이 각각의 Union, 즉 해당 노동조합에 속한 사
람들인 경우를 말한다.

다소 단순하게 일반화하자면 우리가 흔히 말하는
미드, 그리고 파라마운트나 유니버설 같은 스튜디오가

제작하는 큰 규모의 영화는 유니온 쇼라고 생각하면 된다. 유니온 쇼에 참여할 때 경제적으로 더 높은 보수를 받을 수 있음은 물론이고, 보다 수준이 높은 스태프들과 일할 수 있는 기회를 얻을 수 있는 확률이 좀 더 크다고 할 수 있다.

이렇게 모든 인력이 해당 노조에 속한 사람들만으로 구성되어야 하는 유니온 쇼의 경우엔 개인이 계약 시에 신경 쓸 부분이 조금 더 가볍다. 이미 정해져 있는 전체적인 규정에 따라 계약 내용이 진행되기 때문이다. 내용을 들여다보면, 작품의 제작비 규모에 따른 여러 개의 카테고리가 있다.

카테고리별로 정해진 계약서엔 포지션마다 보수에 관한 룰이 정해져 있다. 또한, 근로 시간에 대해서도 정확하게 규정이 되어 있다. 유니온 쇼의 경우 제작사 입장에서는 임금 지출을 비롯한 모든 항목에서 지출이 커지고, 아울러 각종 제약도 따르기 마련이다. 그런 이유에서인지 논-유니온 쇼는 제작비가 다소 작은 작품인 경우가 많다. 이는 아무래도 제작사 재량껏 계약 내용을 조정할 수 있기 때문인 듯하다. 물론 제작비는 적지 않더라도 제작비를 아끼기 위해 일부러 'Non-union'으로 악용하여 진행하는 경우도 있다. 대표적인 경우가 각종 리얼리티 프로그램들이다. 다행히 이 프로그램들도 조금씩 유니온 쇼로 바뀌는 경우가 많아지고 있다.

'Union? Guild? 가만, 이거 우리 말로 그러니까 노동 조합이라는 거네?'

이게 유니온 쇼와 논-유니온 쇼를 알았을 때 처음 내 머리에 떠오른 생각이었다. 그리고 이어서 조끼를 입고, 머리에 띠를 매고 구호를 외치는 나의 모습이 떠올랐다. 노조라는 게 이런 단편적인 이미지로 대변되는 것이 아닌데 말이다. 그러고 보면 나도 참 잘못된 교육을 받고 자란 게 확실하다. 군사정권 시절 교육을 받은 덕분이려나? 미국에서 일할 땐 이 노동조합 덕에 작품 계약 때마다 크게 머리가 아플 일이 없고, 미국에서 악독하기로 첫 손에 꼽힐 의료보험도 꽤 좋은 내용으로 보장받았다.

계약 시에 개인은 약자의 위치에 놓이는 경우가 많을 수 있다. 이때 강자의 횡포를 막고, 모든 근로자가 최소한의 노동 조건을 보장받을 수 있도록 해 주는 게 노동조합이다. 미국에서 TV나 영화에 일하는 스태프들에 겐 모든 분야에 걸쳐 각각의 노동조합이 존재한다. 에디 터 등에게는 편집자조합이 존재하여 일종의 안전망 같 은 역할을 해 준다.

조합에 가입한 지 얼마 되지 않았을 때였다. 어느 작은 규모의 영화 작품에 자리가 있다 하여 인터뷰를 하 게 되었다. 에디터를 만나 이런저런 얘기를 나누던 중 다소 의아한 이야기를 듣게 되었다. 에디터에 의하면 이 작품이 티어 0이라는 말이었다. 이때만 해도 내가 알 고 있던 가장 낮은 티어는 티어 1이었는데, 티어 0이라 고 하니 속으로 의심이 생겼다. 당연히 그쪽에서 제시한 급여도 턱없이 낮았다. 의심을 가득 안고 돌아와 조합에 전화를 걸었다. 자초지종을 설명했더니 작품 이름이 뭐 냐고 물었다. 작품 이름을 말해 주었고, 전화기 너머에 서 해당 작품이 '티어 0'이 맞다는 담당자의 대답이 들려 왔다.

"티어 0도 있나요?"
"네. 정말 규모가 작은 작품도 유니온 쇼에 포함시키 고자 있는 거죠. 그렇게 하면 우리 조합원들이 급여

는 비록 낮더라도 최소한 그 외 복지는 누릴 수 있
으니까요."

"그럼 그쪽에서 제시한 그 급여도 맞는 거고요?"

"네, 맞아요."

이렇게 전화 한 통으로 의문점은 말끔히 씻길 수 있
었지만, 티어 0이 있다는 것은 썩 달갑지 않았다. 이런
경우도 있었다. 티어 1에 속하는 작은 영화에 일할 때였
다. 원래는 다른 친구가 일하고 있었는데, 그 친구가 결
혼하면서 조금 쉬기 위해 작품을 떠나기로 결정했다. 그
빈 자리를 내가 물려받게 된 것이다. 그런데 이 친구가
떠나면서 내게 이런 이야기를 했다.

"얘네들 급여를 한참 동안 미루고 안 주는 경우가 좀
있어. 조심해야 할 거야."

아니나 다를까. 처음엔 제때 들어오던 급여가 어
느 정도 지나서는 자꾸 늦어지기 시작했다. 한동안 참
다가 결국엔 조합에 전화를 걸었다. 조합에서는 프로덕
션에 연락을 취하여 이를 당장 시정할 것을 요구했고,

그 후 급여를 제대로 받을 수 있게 되었다. 작품이 끝나고 얼마 후에 조합에서 걸려온 전화를 한 통 받았다. 수화기 너머로 A작품에서 일했냐는 질문과 함께 밀린 급여 없이 모두 받았냐는 물음이 들려왔다. 그렇다고 대답하며 이유를 물었더니 그쪽에서 작품이 끝났으니 디파짓 Deposit, 보증금을 돌려 달라고 했다는 것이다. 규정상 모든 스태프에게 급여 지급이 끝난 게 아니라면 디파짓을 돌려줄 수가 없으니 확인 전화를 한 것이었다.

지금도 이 부분에 대한 룰을 정확히 모르지만, 아마도 유니온 쇼의 경우 프로덕션에서 조합 쪽에 일정 금액의 돈을 보험금처럼 넣어 두어야 하고, 조합은 조합원들이 모두 급여를 받고 일을 마친 후에야 비로소 그 보험금을 돌려주는 모양이다.

나는 몇몇 자리에서 한국에도 편집자조합이 있으면 좋겠다는 말을 한 적이 있다. 한국과 미국의 계약 형태가 다르고, 환경이 많이 다르니 쉬운 일은 아니다. 하지만 좀 더 나은 환경을 위해서는 분명 도움이 될 것이다. 아직 부족하지만 한국 촬영 현장에는 표준근로계약서가 존재한다. 편집 분야엔 그마저도 없다. 한국은 에디터를 하나의 업체로 생각하고 계약을 진행한다. 즉, 개인이 얼마만큼 동안 일하느냐에 상관없이, 정해진 금액을 받고 하나의 작품이 끝날 때까지 일하는 형태다. 작품이 진행되는 동안 하루 얼마나 일하는지, 또 일주일에 며칠이나 일하는지 등은 전혀 고려의 대상이 아니다. 돈을 받고 정해진 기일까지 밤샘하여 제품을 납품하는 업체일 뿐이다.

　이러한 형태의 계약은 하루빨리 개선되어야 할 문제다. 더 큰 문제는 왜 이런 식의 계약이 이뤄질 수밖에 없는지, 그 뒤에 깔린 인식 변화 역시 못지않게 시급한 문제다.

영상편집자조합

말이 나온 김에 영상편집자조합Motion Picture Editors Guild에 대해서 조금 더 알아보자. 에디터는 프리랜서다. 일하면서 거대 갑인 스튜디오와 상대해야 한다. 따라서 이러한 입장의 노동자 보호를 위해 노동조합인 편집자조합이 존재한다.

　　미국에서는 작품을 부를 때 '쇼Show'라고 한다. TV 쇼를 나누는 몇 가지 기준이 있다. 먼저 스크립티드 쇼Scripted show와 언스크립티드 쇼Unscripted show다. 스크립티드 쇼는 드라마처럼 대본이 있는 쇼를 가리킨다. 이에 반해 언스크립티드 쇼는 대본이 없는 게 기본인 쇼, 즉 쉽게 말해(물론 리얼리티 프로그램에도 대본이나 연출이 어느 정도 존재하긴 하지만) 리얼리티 프로그램이다.

앞서 말했듯 TV 쇼를 구분하는 또 다른 기준은 유니온이다. 연출자와 배우는 물론 작품에 참여하는 모든 스태프가 조합원으로 인력이 구성되는 유니온 쇼와 조합원이 아니더라도 제작에 참여할 수 있는 논-유니온 쇼가 있다.

유니온 쇼는 각 조합이 마련한 규칙에 따라 일정 수준 이상의 보수와 처우가 보장된다. 그 규칙을 들여다보면 포지션별 최저임금(주급, 시급)과 근로 시간, 근로 시간을 넘겼을 때 줘야 하는 추가 보수와 같은 내용이 명시되어 있다. 제작사 입장에서 유니온 쇼는 임금을 비롯한 여러 지출이 많고, 제약도 많다. 반대로 논-유니온 쇼는 제작비가 적게 들어간다. 그래서 설사 제작사가 가지고 있는 예산이 많다 하더라도 제작비를 아끼려고 일부러 논-유니온 쇼를 택하는 일도 있다. 대부분의 TV 드라마나 스튜디오 제작 영화는 유니온 쇼다. 일하는 사람 입장에서는 당연히 유니온 쇼가 좋다. 경제적으로 나은 대우를 받음과 동시에 수준이 높은 스태프와 일할 기회도 얻기 때문이다.

유니온 쇼에서 일하기 위해서는 자기 분야의 조합에 가입해야 한다. 이때 에디터가 속하는 조합이 바로 편집자조합이다. 편집자조합은 1937년 처음 'The Society of Motion Film Editors'라는 이름으로 시작했다. 그리고 약 7년 후, 전국적 노동조합 조직인 IATSE*에 가입하기로 하면서 그 이름을 지금의 'Motion Picture Editors Guild'로 바꾼다.

이 조합엔 이름 탓에 에디터나 어시스턴트 에디터와 같은 편집 중에서도 영상 쪽에서 일하는 사람만 속한다고 생각하기 쉽지만, 사실은 그렇지 않다. 편집자조합에 속하는 직업군은 크게 영상과 음향 양쪽 모두를 포함한다. 일부 나열하자면 다음과 같다.

●　　International Alliance of Theatrical Stage Employees

（이하 알파벳 순）

Apprentice, Assistant Editor, Engineer, Foley Artist, Head Librarian, Librarian, Microphone Boom Operator, Music Editor, On Call Editor 등

조합엔 'Field Representatives'들이 있는데, 이들은 각각 티어Tier**별로 작품을 관리하며, 그 작품에서 일하는 조합원들이 정당한 대우를 받고 일을 할 수 있는지 늘 모니터링을 한다. 또한 근로자들이 의문점이 있을 때 이들에게 연락하여 자문을 구할 수 있는 창구 역시 마련해 두고 있다.

편집자조합은 제작사의 대표인 프로듀서조합 AMPTP***과 3년 주기로 기본적인 계약 내용에 대해 협상을 한다. 여기에서는 급여부터 시작해서 세세한 작업 환경에 이르기까지 광범위한 부분이 자세하게 논의되고, 이를 통해 합의된 내용을 바탕으로 모든 개별 작

품의 계약이 진행된다. 예를 들어, 코로나로 인해 모든 작품의 편집이 재택근무로 전환되었을 때, 달라진 환경에 따라 새롭게 정리해야 할 부분들이 많이 생겼다. 이러한 부분을 조합들이 미리 모여서 정리를 했고, 제작이 시작되자 여기서 정리된 내용에 따라 모든 스태프가 계약을 체결하고 일을 했다.

조합은 이 외에도 조합원들의 네트워킹을 위해 매년 피크닉을 비롯해 포스트 프로덕션에 일하는 사람들이 모여서 이야기를 나누며 일터 밖에서 함께 어울릴 기회를 마련한다. 또한 매달 각종 세미나와 교육 프로그램을 통해 빠르게 변하는 포스트 프로덕션 환경에 조합원들이 적응할 수 있도록 돕고자 노력하기도 한다.

조합에 가입하기 위해서는 다소 번거로운 과정을 거쳐야 한다. 조합에 가입하기 위해서는 먼저 'Industry Experience Roster'에 이름을 올려야 한다. 이 로스터는 편집자 조합과 별개 기관인 'Contract Services Administration Trust Fund'가 관리한다. 로스터에 이름을 올리기 위해서는 가입 신청서 제출일을 기준으로 지난 2년간 로스터에 가입하고자 하는 포지션으로 일정 일수 이상 논-유니온 쇼에서 일했음을 증명해야 한다. 어시스턴트 에디터는 100일, 에디터는 175일이다. 단순히 일만 한 것으로는 안 된다. 반드시 돈을 받고 일해야 하며, 돈도 최저 급여 이상을 받아야만 인정된다. 이렇게 필요한 서류를 정리하여 제출하고, 이것이 받아들여지면 필요한 교육 과정을 이수하고 로스터에 이름을 올린다. 그러고 나면, 비로소 편집자조합에 가입할 수 있는 자격을 얻게 된다.

100일이란 시간은 언뜻 별것 아닌 것처럼 느껴질 수 있다. 하지만 막상 최저 급여 이상을 받으면서 이 일수를 채우며 논-유니온 쇼에서 일을 한다는 게 그다지 녹록지 않다. 특히 합법적으로 일하고 돈을 받을 수 없는 F-1 비자 소유의 유학생이라면 재학 기간은 꼼짝없이 일수 채우기가 불가능하다. 하루라도 빨리 일수를 채우는 게 필요한 상황에서 이는 이만저만 고통스러운 일이 아니다. 주변을 둘러보면 이 일수를 채울 때까지 학교 졸업 후 대체로 5개월에서 1년 정도의 시간이 걸렸다. 학교에 다니면서 틈틈이 일해서 졸업 후 바로 일수를 채운 동료도 봤지만, 이는 유학생이라면 O-1 비자로

학교에 재학하는 게 아니고선 불가능하다. 이 글의 독자 중 경력이 있는 분이 유학을 생각하고 있다면 O-1 비자에 대해 일찍 알아보길 권한다.

비자

조합 얘기를 두 꼭지에 걸쳐 이야기했다. 기왕 이리 된 거 이참에 비자 얘기까지 한번 해 보련다. 내가 이민 전문 변호사는 아니지만 경험으로 아는 부분들만 적어 볼까 한다.

미국에서 일하려면 흔히 말하는 취업 비자가 필요하고, 취업 비자라고 하면 일반적으로 H-1 비자를 떠올린다. H-1 비자는 어느 한 회사에 소속되어 그 회사를 위해서만 일을 한다는 조건으로 발급되는 비자다. 인터넷에 '미국 취업 비자'라고 검색하면 90% 이상이 H-1B 비자에 관한 내용으로 채워진다. 물론 자세히 들어가면 더 복잡하지만 H-1B 비자는 쉽게 말하자면 미국 회사에 정직원으로 취업 허가를 받았을 때 받게 되는 비자라고 할 수 있다. 당연히 한국에서 바로 취직되어 갈 수도, 미국에서 학교를 마치고 취직이 될 수도 있다. 중요한 건 '정직원'으로 취업하는 경우가 일반적이라는 점이다. 유학생들이 많이 지나는 코스가 미국에서 학교를 졸업하고, OPT Optional Practical Training 동안 취업하여 일하다가 회사의 동의와 도움을 받아 H-1B 비자를 발급받는 코스다. 이러한 과정을 거치지 않고 한국에서 외국 회사에 바로 취업이 되어 가는 경우도 많이 있는데, 참 대단하다고 생각한다.

보통 드라마 에디터는 프리랜서다. 어느 한 회사에 소속되어 그 회사의 일만을 하는 직원이 아니다. 따라서 미국에 가서 드라마 편집을 하기 위해서는 H-1B 비자가 아닌 다른 비자가 필요하다. 바로 O-1 비자다. O-1 비자라고 하면 연예인들이나 예술가들만이 받는 비자라고 생각하는 사람들도 있는데, 예체능계에서 일하는 프리랜서를 위한 비자라고 보면 크게 틀린 말은 아니다.

　"무슨 비자세요?"
　"O 비자요."
　"네?"
　"O 비잔데요."
　"네? 아, 잠시만요."
　"네."
　"이건 여기서 안 되고요, 카운터로 가셔야겠네요."

　한국에서 미국으로 돌아오기 위해 공항의 무인 체크인 기계에서 발권을 받으려고 하니 직원이 내 비자는 무인 발권이 안 된다며 카운터에 줄을 서라고 한다. 줄을 서서 차례가 되어 카운터로 간다.

　"자동 발권 쪽에서 안 된다고 하네요."
　"네. 무슨 비자시죠?"
　"O 비자요."
　"네?"

무슨 비자냐고 물어봐서 대답만 하면 잠시간 이런 상황이 벌어지곤 한다. 수많은 종류의 사람들을 매일 만나는 공항 직원들조차 O 비자를 생소해하는 것을 보고, O 비자가 그리 많이 알려진 비자가 아니라는 걸 다시 한번 깨닫는다. 나와 비슷한 분야에서 일하는 사람들은 외국인을 채용하지 않는 게 아니라 구조상 모두 프리랜서로 일하는 형태인 미국의 현실상 풀타임Full-time으로 미국에 취업할 기회가 거의 없다. 따라서 O 비자를 받아야 하는데도 불구하고 당사자들조차 이에 대해 잘 모르는 경우가 많다.

앞서 말한 바와 같이 H-1B 비자는 회사에 정직원으로 취직된 경우로, 비자에 명시된 회사 외에 다른 곳에서 일하고 돈을 받을 수 없다. 오로지 그 회사에서만 일할 수 있고, 다른 회사로 옮기게 되는 경우엔 옮기는 회사와 함께 비자를 다시 받아야 한다. 그에 반해 O 비자는 스폰서 부분에 명시된 사람 혹은 회사가 나의 에이전트다. 스폰서에 명시된 회사나 사람만을 위해서 일하는 게 아니라, 에이전트를 두고서 여러 프로젝트를 돌아다니며 일하는 프리랜서의 신분으로 인정된다. 에디터에게 적합한 신분이다.

유학비자인 F-1 비자의 소유자는 미국에서 합법적인 경제 활동을 할 수 없다. 오로지 졸업 후 OPT 기간이 주어져야 비로소 합법적으로 경제 활동을 할 수 있다. 그런데 많은 사람이 잘 알지 못하는 게 있다. O-1 비자를 가지고도 학교에서 공부할 수 있다는 점이다. 이렇게 하면 학교에 다니면서도 당연히 합법적으로 경제 활동을 할 수 있다. 작품에 참여하여 돈을 벌 수 있는 것은 물론, 실제 현장 경험까지도 쌓을 수 있는 셈이다.

나 역시 이를 알지 못했고 F-1 비자로 유학 생활을 시작했다. 영화 학교에서 공부하다 보면 이런저런 통로를 통해 작은 일을 할 수 있게 된다. 돈을 주는 일부터 돈을 주지 않는 일까지 다양하다. 제법 큰 곳에서 돈을 받으며 방학 동안 일을 할 수 있는 기회도 더러 있다. 돈을 준다는 것은 대체로 어느 정도의 예산이 확보되었다는 것을, 그리고 그것은 곧 좀 더 제대로 된 프로젝트나 회사라는 것을 의미한다. 그런 곳에서 더 많은 것을 배울 수 있고, 후에 나에게 좀 더 도움이 될 수 있는 사람들을 만날 기회가 생길 것으로 생각했다. 하지만 그 모든 기회를 비자의 경계에 막혀 포기해야 했다. 관련 정보가 필요하다면 지금 당장 O 비자에 대해 알아보길 바란다. 설사 당장 신청하는 게 어렵다 하더라도 나중에 도움이 될 때가 올 것이다. 게다가 비자 신청 준비는 일찍 할수록 유리하다.

　비자 신청서는 혼자서도 작성해 제출할 수 있다. 확실한 자신이 없다면 변호사를 구해 준비하길 권한다. 적지 않은 돈이 들어간다는 단점이 있지만 필요한 서류를 준비하는 과정에서 조언을 들을 수 있는 등 이점 역시 있다. 변호사와 함께 준비한다고 해서 비자를 받을 확률이 100%가 되는 것은 아니지만 혼자 준비할 때보다는 확률이 올라간다. 다만 이민 전문 변호사 중에서도 O-1 비자를 많이 다뤄 본 변호사를 찾아야 한다. 혹여라도 H-1 비자만을 다뤄 본 변호사와 일하게 되면 변호사가 없느니만 못한, 혹은 없는 것과 다름없기도 하다. 아주 운이 나쁘면 잘못된 정보를 듣게 될 수도 있다. 변호사를 선임하여 일하기로 했다면 이에 대해 정확히 알아봐야 한다.

첫 에피소드는 실기시험

어렵게 기회를 잡았다. 촬영 스케줄이 꼬이면서 에디터가 도움이 필요하여 공동 편집으로 하게 되었을 수도, 그동안 노력한 걸 인정받아서 쇼러너가 에피소드 하나를 편집할 수 있게 기회를 줬을 수도 있다. 어떤 이유에서든 첫 기회를 잡았다면 이 기회가 그냥 지나가지 않도록 할 수 있는 최선의 노력을 다해야 한다. 내 첫 에피소드는 전자였다. 같은 드라마의 두 번째 시즌. 두 번째, 세 번째 에피소드를 동시에 진행하던 와중 예정에 없이 첫 번째 에피소드를 다시 손봐야 하는 상황이었다. 거기에 에디터의 개인적 사정까지 겹치면서 두 번째 에피소드를 공동 편집 형식으로 참여하게 되었다.

첫 에피소드는 실기시험과 같다. 그들은 그동안 내가 어시스턴트 에디터로서 일하며 편집한 작은 신들이나 이전 이야기를 보며, 함께 일한 에디터의 추천을 듣고 충분하다는 판단하에 내게 에피소드를 맡겼다. 이젠 실전이다. 에피소드 하나를 책임지는 것은 어시스턴트 에디터로서 일했던 것과는 다른 근육의 사용을 요구한다. 이것은 어쩌면 단 한 번 주어지는 실기시험일 수도 있다. 여기서 좋은 인상을 주지 못한다면 다시 기회를 얻는 게 조금 힘들 수 있다. 결국은 실력과 태도가 주는 인상이 중요하다. 설사 이 에피소드 후 곧바로 이어서 또 다른 기회를 부여받지 못한다고 하더라도 지금 여기에서 좋은 인상을 주는 게 중요하다.

이 한 번 주어지는 시험을 잘 치르기 위해선 평소 편집을 게을리하지 말아야 한다. 어시스턴트 에디터의 일은 무척 바쁘다. 한 번에 두세 개의 에피소드를 처리하다 보면 하루가 금방 가 버린다. 오늘 저녁 어떤 일이 벌어질지 예상할 수 없다. 하지만 아무리 바쁘더라도 반드시 시간을 만들어 작은 것이라도 계속 편집해야 한다.

발돋움에는 작은 용기가 필요하다

많은 사람이 추천하는 좋은 방법 중 하나는 지금 일하는 작품의 신 하나를 혼자 편집해 보는 것이다. 필요한 모든 소스를 이미 가지고 있고, 작품의 톤 역시 이미 알고 있으니 시도해 보기 가장 좋은 방법이다. 자신의 방법대로 편집해 보고, 에디터는 어떻게 편집했는지 비교해 본다. 편집 진행 상황에 따라 에디터가 편집한 것이 디렉터스 컷을 거치면서 어떻게 변했는지, 그리고 작품의 비전을 책임지는 쇼러너와의 작업을 통과하면서 어떻게 변했는지 살펴보며, 이게 내가 편집한 것과 무엇이 다르고 또 무엇이 같은지 익히는 것은 무척 좋은 방법이다. 에디터와 신뢰 관계를 충분히 쌓았다면 조심스럽게 당신이 한 편집을 보여 주고 조언을 구할 수도 있다. 열린 에디터라면 어시스턴트 에디터가 편집한 신을 편집본에 쓰고, 심지어는 쇼러너와 작업할 때 이 신은 어시스턴트 에디터가 편집한 것이라고 말해 줄 수도 있다. 이는 어시스턴트 에디터가 쇼러너에게 좋은 인상을 남길 수 있는 좋은 길이다.

10여 년 할리우드에서 일하면서 내가 직접 겪거나 눈으로 보고 혹은 귀로 들은 모든 에디터는 대부분이 이렇게 열린 사람들이었다. 잠깐 다른 이야기를 하자면 할리우드의 에디터나 어시스턴트 에디터들은 한국의 에디터, 어시스턴트 에디터들보다 훨씬 동료애가 강하다. 이에 관해서는 다른 글에서 좀 더 이야기하기로 하고 다시 하던 이야기로 돌아가자.

어시스턴트 에디터 일을 하며 편집 근육을 키울 수 있는 또 다른 방법은 주말이나 퇴근 후 시간을 이용해 단편 영화를 편집하는 것이다. 한 편의 작품을 책임지다 보면 많은 것을 배울 수 있다. 시간이 된다면 장편 영화를 편집하는 것도 가능하다. 나 역시 어시스턴트 에디터로 일하며 편집한 장편과 단편이 대여섯 편 정도 된다. 저예산의 독립 영화들은 에디터가 낮에는 어시스턴트 에디터로서 일하고, 주로 퇴근 후 시간과 주말을 이용해 편집해야 하는 상황을 이해해 주는 경우가 많다. 한 가지 반드시 명심할 것은 이 모든 건 주 업무인 어시스턴트 에디터로서의 일을 문제없이 잘 수행해 내고 나서 부가적으로 해야 할 일이라는 점이다.

이렇게 노력해서 편집만 잘하면 준비가 되었다고 할 수 있을까? 미국에서 드라마 편집을 하면 참 많은 사람과 함께 일해야 한다. 한국에서 몇 작품을 해 보니 그 차이가 더욱 느껴진다. 영화는 조금 다를 수 있으니 일단 TV 드라마만 보겠다. 한국은 할리우드에 비해 편집에 주어지는 시간이 짧다. 그러다 보니 감독과 함께 의견을 교환하며 편집할 수 있는 시간이 많지 않다. 전형적인 모습은 에디터가 편집해 놓으면 나중에 감독이 파인 컷이라는 이름으로 들어와 며칠, 심지어 어떤 경우엔 하루 정도 함께 편집하고 마무리하기도 한다. 물론 여기에 이르기까지 중간중간 의견을 교환하고 감독이 편집본을 확인하는 과정이 있지만, 여전히 둘이 의견을 제대로 교환하면서 작업하는 과정이 그리 긴 편은 아니다. 그리고 나면 제작사의 의견을 받는 과정이 이어지고 마침내 편집이 끝난다. 할리우드는 어떨까?

촬영이 진행되는 기간 동안 에디터는 편집한다. 그리고 에피소드당 촬영이 끝나고 사흘 정도 후 에디터스 컷이라는 이름의 편집본을 감독에게 보낸다. 그리고 며칠간 감독과의 작업이 이루어진다. 감독과 일이 끝나면 작가와 프로듀서가 들어와 함께 일한다. 그게 끝나면 스튜디오와 방송사에서 그들의 의견을 보내온다. 편집이 끝나기까지의 순서나 각 단계에서 참여하는 인원이 누구인지를 비교하면 다른 점을 크게 발견하지 못할 수 있다. 하지만 차이는 실제로 이러한 시스템이 어떻게 얼마나 제대로 운용되는지다. 한국의 시스템, 특히 편집을 포함한 포스트 프로덕션 워크플로는 아직 너무나도 비합리적이고 주먹구구식이다. 이런, 불평이 길어지려고 한다. 이 얘기는 다른 기회로 미루고 다시 이 글의 주제로 돌아가자.

에디터로서 가져야 할 중요한 덕목 중의 하나가 감독, 프로듀서, 작가, 쇼러너 등과 어떻게 잘 협업하느냐다. 에디터는 그들 모두와 끊임없이 의견을 교환하며 토론할 수 있어야 한다. 그들이 어떤 노트를 주었을 때, 때로는 그것을 액면 그대로 받아들이는 게 아니라 왜 그런 피드백이 왔는지를 잘 따져 문제의 핵심을 찾아야 한다. 또한 감독과 쇼러너, 혹은 스튜디오와 쇼러너의 의견이 다를 때 이 사이에서 돌파구를 잘 찾아내야 한다. 좋든 싫든 미묘한 정치적 대립의 중간에 서야 할 때도 있다.

이런 부분은 에디터로서 직접 일하며 익히기 전엔 알기 힘든 것들이다. 하지만 에디터가 되기 전에 이러한 것들을 미리 배우고 싶다면 에디터가 그들과 일하는 모습을 평소 잘 관찰하는 것이 좋은 방법이다. 가능하다

발돋움에는 작은 용기가 필요하다

면 감독이나 프로듀서 등이 보내오는 노트를 에디터에게 부탁하여 함께 받는다. 그리고 에디터가 노트에 따라 수정한 편집본을 확인하며 어떻게 각 노트를 반영했는지 살핀다. 또는 에디터에게 감독이나 쇼러너와 함께 일할 때 옆에서 잠깐 참관할 수 있는지 물어볼 수도 있다. 이런 기회를 얻는 게 쉬운 일은 아니지만 에디터와 쇼러너가 열려 있고, 그동안 그들과 충분한 신뢰를 쌓았다면 가능한 일이다. 단, 그들이 먼저 질문을 하기 전엔 되도록 말을 아끼고 그저 듣고, 관찰하는 것에 집중해야 한다. 입은 닫고 눈과 귀만 열어 둔다.

문화에 관한 공부도 꾸준히 하는 게 좋다. 미국에서 어릴 때부터 자란 사람이 아니라면 이 부분은 조금 노력을 들여서라도 익히는 게 좋다. 진부한 이야기지만 영화나 드라마는 그 나라의 문화를 반영한다. 그러니 미국에서 드라마 편집을 한다면 미국 문화에 대한 이해는 필수적이라 할 수 있다.

첫 에피소드는 어쩌면 다시 쉽게 오지 않을 실기시험이다. 대입 시험이라면 1년이라는 정해진 시간 후에 다시 주어지겠지만 이건 언제 다시 올지 예상할 수 없다. 그만큼 중요하다. 그렇다고 해서 너무 긴장하고 죽을 듯이 달려들 건 없다. 절실하게 최선을 다하고, 나의 최선의 노력이 나를 어디로 이끌게 될지 기다려 보면 어떨까 싶다. 진인사대천명이라고 하지 않던가.

마틴 니콜슨Martin Nicholson
에디터

〈왕좌의 게임〉〈데드 우드〉〈에일리어니스트〉〈마르코폴로〉 등

Q 에디터가 어떤 일을 하는지 설명하는 데 늘 어려움을 느낀다.

에디터는 재료를 모아 하나로 만드는 역할을 한다. 좀 더 설명한다면 감독이 연출한 촬영본을 가지고 극적인 이야기를 만드는 사람이다. 감독은 시나리오를 보며 그것을 나름대로 해석한 후, 어떻게 구성할지 고민해 촬영감독과 촬영 방법을 결정한다. 그 결과가 우리가 흔히 말하는 숏, 신 혹은 테이크다. 에디터는 이 숏을 받아

작업한다. 시나리오를 분석하고 감독, 프로듀서 등과 토론한다. 에디터가 배우의 연기를 어떻게 보느냐에 따라, 촬영을 어떻게 해석하는지에 따라, 또 시나리오를 어떻게 읽었느냐에 따라 편집이 달라진다. 에디터는 언제나 이야기의 숨은 뜻, 의도를 잘 파악해야 한다. 야구에서 포수와 같다. 전체 구장을 보면서 어떤 일이 일어나는지, 앞으로 무엇이 필요한지 늘 파악하고 있어야 한다.

Q 에디터마다 장면을 편집하는 방식이 다르다.

내 방식 역시 오랜 시간을 거치면서 조금씩 달라졌다. 편집하면서 내가 가장 먼저 하는 작업은 데일리스를 보는 일이다. 디지털 촬영으로 분량이 엄청나게 많아졌다. 필름 시대에는 비용 때문에 불가능했던 일이다. 분량이 많기 때문에 더더욱 데일리스를 챙겨 본다. 데일리스를 흡수해 내 것으로 만들고, 어떤 식으로 편집할지 고민하는 게 에디터의 작업 중 가장 어려운 일이다.

예전에는 스크립트 슈퍼바이저가 일을 잘해서 데일리스를 분석하는 게 그리 어렵지 않았다. 요즘 들어 스크립트 슈퍼바이저 노트를 보면 예전만큼 디테일하지 못하다는 생각이 든다. 연출자가 어떤 의도로 각 테이크와 신을 연출했는지에 대한 내용이 부족하다. 그래서 다시 데일리스를 보는 게 중요해진다. 한 장면에 여러 테이크가 있는데, 이 모든 테이크를 봐야 배우의 연기가 어떤 식으로 변화하는지 볼 수 있다. 또 이 변화를 통해 감독의 연출 의도를 파악할 수 있다. 데일리스를 다 보지 않고 편집에 들어가는 에디터를 보면 참 놀랍다. 그러면 자칫 큰 그림, 중요한 부분을 놓칠 수 있다.

Q 데일리스를 볼 때 어떤 부분에 주목하나?

기술적인 부분도 중요하지만, 가장 중요한 것은 테이크의 진실성, 정통성 혹은 그 테이크가 가진 고유함이다.

Q 스케줄이 무척 빡빡한데, 데일리스를 모두 보는 게 가능한가?

물론 늘 그렇진 않다. 때로는 감독이 선호한다고 표시한 테이크 위주로 먼저 편집하고, 뭔가 잘못되었다고 느끼면 다시 다른 테이크를 확인하곤 한다. 언제나 내가 할 수 있는 것과 해야 하는 것의 줄다리기가 이어진다. 하지만 확실한 것은 데일리스를 모두 보지 않고 편집하면 중요한 부분을 놓칠 수 있다는 점이다.

Q　TV는 영화와 달리 작가의 매체로써, 감독의 영향력이 적다고 할 수 있다. 심지어는 디렉터스 컷 기간에 아무런 노트를 주지 않는 감독도 있다.

　　쇼러너는 쇼를 이끌고 가는 사람이다. 감독은 시나리오 속에 있는 비전과 톤을 구현하기 위한 재료를 구하는 사람이다. TV 감독 중에서도 아주 좋은 감독은 이 시나리오 속에 담긴 비전과 톤을 실현하려고 '집착'할 정도로 노력한다. 그럼 그 안에 감독의 개성이 담기기 마련이다.
　　영화와는 다르다. 영화는 순수하게 에디터와 감독, 둘의 작업이라는 점에서 좋다고 생각한다. 물론 총괄 프로듀서와 스튜디오가 이런저런 지시를 하지만, 핵심은 감독의 비전이고 에디터는 바로 그 감독과의 작업에 집중하면 된다.

인터뷰

다른 이야기이긴 한데, 영화를 볼 때 관객은 두 시간 정도의 러닝타임 동안 화면 위에서 펼쳐지는 이야기에 온전히 집중한다. 난 언제나 영화는 '꿈을 만드는 일'이라고 생각한다. 관객은 영화를 보고 나올 때, 꿈을 꾸다 깨어나는 것이다. TV는 다르다. TV엔 중간중간 광고가 들어간다. 네트워크 쇼가 아닌 HBO, 쇼타임, 넷플릭스와 같은 스트리밍 플랫폼에서 상영하는 쇼는 중간 광고가 없기 때문에 영화에서처럼 관객이 꿈을 꾸는 듯한 흐름에 빠질 수 있다. 네트워크 쇼에서는 이게 불가능하다. 30분짜리 쇼조차도 5분마다 광고가 들어간다. 이러면 관객은 이야기에 집중할 수 없다. 심지어 광고가 더 중요해 보이기까지 한다. 그래서 어떤 사람은 이렇게 말하더라. "TV 에디터가 하는 일은 광고 사이의 공간을 채워 넣는 것이다." 광고주가 그 쇼를 위해 돈을 지불했다는 건 잘 알겠다. 그래도 그런 방식이 스토리텔링을 방해한다는 걸 알아주었으면 좋겠다.

Q 오랫동안 에디터로 일했다. TV 환경에서 어떤 점이 나아지길 바라나?

인원 구성에 변화가 있었으면 한다. 영화에서는 세컨드 어시스턴트 에디터를 고용해 일을 나눌 수 있다. TV에서도 세컨트 어시스턴트 에디터를 고용하거나 견습생Apprentice을 쓰면 좋을 것 같다. 요새는 견습생을 거의 찾아볼 수 없다. 〈30대 이야기〉를 작업할 때 견습생이 있었는데, 에디터와 어시스턴트 에디터의 일을 조금씩 덜어 주었다.

또 뮤직 에디터와 에디터가 좀 더 가깝게 일하는 환경도 조성되었으면 한다. 뮤직 에디터는 편집이 끝나 가는 단계에서야 투입되는데, 더 이른 단계에서 에디터와 긴밀하게 작업했으면 좋겠다. 두 번째 시즌 이후부터는 이미 첫 시즌에서 만들어 놓은 음악이 있어 별문제가 없지만, 첫 시즌에 뮤직 에디터가 늦게 투입되면 에디터는 사용할 음악을 찾는 데 많은 시간을 할애해야 한다. 뮤직 슈퍼바이저도 마찬가지다. 평소 드라마를 볼 때 마음에 드는 음악이 나오면 적어 두긴 하지만 시간이 지나면 잊어버린다. 쇼에 쓸 음악을 찾다가 다른 사람에게 음악을 추천받기도 하는데, 알고 보니 내가 적어 놓고 까먹은 그 음악일 때도 있다. 예전엔 음악을 잘 기억한다고 생각했는데, 이젠 그때만큼은 아닌 것 같다. (웃음)

Q AFI에서 강의하는 등 매우 바쁘게 지낸다. 현직 에디터이자 교수로서 후배들에게 조언해 준다면?

최선을 다하라. 영화, 연극 그리고 작품성 있는 TV 쇼를 반복해 보면서 분석하고 공부하라. 작품과 이야기의 핵심이 무엇인지, 무엇이 이 작품을 특별하게 만드는지 생각하라. 좋은 작품을 만나면 에디터가 누구인지 찾아봐라. 그 에디터가 편집한 다른 작품을 찾아보고 이전 작품과 어떻게 다른지 생각하라. 그 에디터와 함께 작업하는 감독이 있다면 그 작품도 찾아보고 이들이 어떻게 변했는지도 살펴보라. 같은 의미로, 훌륭한 작품을 만나면 감독도 찾아보라. 감독의 스타일이 에디터에 따라 어떻게 변하는지, 감독이 주로 한 명의 에디터와 일을 하는지, 그 에디터가 감독의 작품에 어떤 영향을 미치는지 살펴보라. 그리고 읽어라. 시나리오를 읽고 분석하고 공부하라. 음악도 마찬가지다. 음악에 대한 지식을 넓히고, 영화음악을 공부하라.

스티브 프리스틴 Steven Pristin
어시스턴트 에디터

〈블랙 팬서: 와칸다 포에버〉〈블랙 팬서〉〈피터래빗 2〉 등

Q 먼저 TV 드라마 〈틴 울프〉와 영화 〈블랙 팬서〉에서
의 경험을 바탕으로 영화와 TV의 작업 방식을 비교해
보고자 한다.

〈블랙 팬서〉에 대해 내가 말할 수 있는 범위가 어디
까지인지 모르겠다. 자세히 이야기하지 못해도 이해해
주길 바란다.

Q   영화 작업을 하는 동안 일과가 어땠는가? TV 드라마를 할 때와 아주 달랐나?

촬영하는 동안엔 두 작품 모두 일과가 비슷하다. 에디터는 대개 오전 10시면 출근했다. 나는 빠르면 8시까지 편집실에 도착하려고 노력했다. 가장 먼저 하는 일은 전날 밤에 온 데일리스 하우스 데이터를 카피하는 것이다. 카피가 끝나면 클립 수를 확인하고, 아비드로 데이터를 불러내 번-인Burn-in●이 정확한지 확인한다. 이후 슈퍼바이저, 촬영팀 그리고 녹음팀에서 보내온 메타데이터를 아비드에 입력한다.

〈틴 울프〉는 늑대인간이 된 소년의 이야기다. 이 작품과 〈블랙 팬서〉 모두 두 개 이상의 카메라를 사용했고 슬로 모션 촬영이 많았다. 메타데이터 입력이 끝나면 슬로 모션으로 촬영한 클립을 24프레임으로 변환한 후 이를 사운드와 일치하도록 싱크를 맞추고, 같은 테이크인 두 개 이상의 클립을 그룹으로 묶어 준다. 그다음엔 액

●   클립 하단에 보이는 해당 클립의 정보(클립네임, 타임코드 등)

선과 리셋이 언제인지 표시해 에디터가 쉽게 알 수 있게 한다. 그리고 에디터가 일할 빈Bin을 에디터가 원하는 방식으로 준비한다. 이게 다 끝나면 데일리스 리뷰 준비를 시작한다.

〈블랙 팬서〉는 전날 촬영분을 신별 시퀀스로 정리해 감독이 볼 수 있도록 준비하고, 프로듀서를 위해 이 시퀀스를 클립으로 만들어 보냈다. 여기까지 1차 과정이라 할 수 있는데, 〈블랙 팬서〉에서는 점심 시간 전에 이 일을 모두 끝내려고 노력했다. 물론 오후까지 이 일이 이어지는 경우도 있었지만, 목표는 늘 점심 전이었다. 점심 후엔 콘티뉴이티와 월 보드Wall boards를 정리하고, 각 신을 스크립팅했다.

영화와 TV의 일과가 가장 달라지는 때는 에디터스 컷 다음, 그러니까 디렉터스 컷부터 최종 딜리버리까지 기간이다. 이 기간에 영화에서는 배우의 연기와 스토리 구조를 다듬는 등 전체적인 스토리를 정비한다. TV보다 훨씬 더 많은 시간을 가지고서 말이다. 테스트 시사회도 여러 번 진행한다. 이 시사회는 우리에게 선물일 수도, 고통일 수도 있다. 결과에 따라 보충 촬영이 이루어지기도 하기 때문이다.

Q 〈블랙 팬서〉는 어땠나? 테스트 시사회 반응을 보고 보충 촬영을 했나?

내가 공식적으로 이 부분에 대해 말해도 되는지 모르겠지만, 설마 〈블랙 팬서〉 정도의 블록버스터가 테스트 시사회 이후에 아무 작업도 안 하고 바로 개봉했다고 생각하는 건 아니겠지?

Q 알겠다. (웃음) 영화와 TV의 차이에 대해 계속 얘기해 달라.

영화 작업이 TV보다 신을 직접 편집할 기회가 더 많았다. 그렇지만 내가 일한 감독과 에디터가 어시스턴트 에디터의 역할에 대해 '더 열린' 사람들이었기 때문에 그런 것이지, 언제나 그렇지는 않다.

Q 영화에서 편집할 기회가 더 많았다고 했는데, 어시스턴트 에디터가 에디터의 자리로 올라갈 기회는 오히려 영화보다 TV가 많다.

TV 드라마는 시즌당 에피소드 수가 많게는 스물두 개부터 적게는 열세 개 정도다. 스트리밍 서비스가 많아지면서 이 숫자는 더 다양해지고 있다. 에피소드 수가 많기 때문에 자연스럽게 편집 양도 늘어난다. 따라서 에디터도 더 필요하다. 영화에서 에디터는 주로 한 명이지만(《블랙 팬서》는 두 명이었다) TV는 서너 명이다. 결국 콘텐츠의 양에 따라 기회가 많아진다. 게다가 TV 드라마에서 한 에피소드는 대개 여섯 개의 액트다. 〈틴 울프〉는 어시스턴트 에디터에게 두 개에서 다섯 개의 액트를 편집하게 하고 공동 편집 크레딧을 주곤 했다. 어시스턴트 에디터 입장에선 이를 통해 쇼러너, 포스트 슈퍼바이저 그리고 감독에게 에디터의 자질이 충분하다는 사실을 증명할 수 있었다.

Q 어시스턴트 에디터의 역할은 무엇인가? TV와 영화에서 역할 차이가 있나?

TV와 비교했을 때 영화는 연출, 촬영, 편집까지의 워크플로 정립이 덜 되어 있다. 그래서 어시스턴트 에디터가 종종 포스트 슈퍼바이저의 역할을 해야 했다. 반면

TV의 경우는 조금 달랐다. 〈틴 울프〉에서 함께 일한 에디터는 이 작품에 수년째 참여하고 있었기 때문에 스케줄이 어떻게 돌아가는지 잘 알고 있었다. 덕분에 데드라인이 언제인지, 다음 단계로 넘어갈 시점이 언제인지 등을 에디터에게 확인시켜 줄 필요가 없었다.

TV에서 일할 땐 마치 테크니션이 된 기분이었다. 쇼는 기계이고, 난 그 기계를 잘 돌아가게 만드는 사람이라고. 물론 영화에서도 테크니션의 역할을 해야 하지만, 에디터의 심리치료사도 되어야 했다. 작업 기간이 긴 영화에서 에디터는 종종 자기가 잘하고 있는지 스스로를 의심하기 때문이다.

Q TV가 워크플로 정립이 잘 되어 있는 이유는 무엇이라고 생각하나?

영화는 작품에 따라 감독부터 촬영감독, 그리고 VFX팀까지 모두 새로운 사람이 모인다. 그러니 워크플로 역시 다시 만들어야 한다. 그에 반해 TV는 두 번째 시즌 정도 되면 워크플로나 스케줄은 이미 정립된 상태다. 영화에서 포스트 슈퍼바이저는 기술적인 부분과 관련된 일이 얼마나 어려운 건지, 또는 얼마나 걸리는지 알지 못하는 경우가 많다. 이건 모두 어시스턴트 에디터의 책임이 된다. 그래서 워크플로나 스케줄과 관련한 이슈가 포스트 프로덕션에 오갈 때 어시스턴트 에디터의 일이 더 많아진다.

Q   이번엔 〈블랙 팬서: 와칸다 포에버〉 이야기로 넘어가 보자. 편집은 총 얼마나 걸렸나?

촬영을 포함해 총 16개월이 걸렸다. 중간에 부상자도 있어서 촬영이 좀 더 오래 걸렸다.

Q   〈블랙 팬서: 와칸다 포에버〉에서는 퍼스트 어시스턴트 에디터로 일했다. 편집팀 구성 소개를 부탁한다.

일단 에디터가 두 명이다. 대부분의 마블 영화엔 두 명 혹은 그 이상의 에디터가 참여하지만, 〈블랙 팬서〉 감독인 라이언 쿠글러Ryan Coogler는 두 명의 에디터와 일하길 좋아한다. 각 에디터는 그와 함께 일하는 퍼스트 어시스턴트 에디터와 세컨드 어시스턴트 에디터가 있다. 일반적으로 어시스턴트 에디터들이 오직 자기 에디터와만 일하는 건 아니다. 팀으로 모두가 함께 일하며 두 에디터와 일한다. 퍼스트 어시스턴트 에디터는 자기 에디터와 일하는 경우가 많지만, 세컨드 어시스턴트 에디터는 두 에디터 사이를 오가며 일하게 된다.

그 외에 한 명의 포스트 슈퍼바이저, 두 명의 포스트 코디네이터, 그리고 두 명의 포스트 프로덕션 어시스턴트가 있다. 포스트 프로덕션 어시스턴트 중 한 명은 아비드를 능숙하게 다루었고 자신감이 있었기에 프로젝트 후반부엔 어시스턴트 에디터로 고용되었다. 그리고 두 명의 VFX 슈퍼바이저와 꽤 여러 명의 VFX 코디네이터가 있다. 각 코디네이터는 각 VFX 회사를 맡아서 그들과 프로젝트를 진행한다. 한 명은 ILMIndustrial Light & Magic만 전담해서 함께 일하고, 다른 코디네이터는 또 다른 회사하고만 프로젝트를 진행하는 모습이다. 프리비즈*와 포스트비즈**를 맡아서 진행하는 팀도 있다.

• Previsualization, 사전시각화. 즉, 실제 촬영에 앞서 스토리보드 등 여러 가지를 이용해 미리 만들어 보는 것

•• Postvisualization, 촬영 후 편집 과정에서 아직 VFX가 완성되지 않은 상태에서 작업 중인 VFX 숏들을 이용해 만드는 과정

Q 많은 사람이 모인 큰 팀이다.

엄청나게 큰 팀이다. 우리 한 팀이 건물 한 층을 모두 써야 했는데 꽤 멋진 경험이었다. 한 층에 모두 모여 있으니 소통이 원활했다. 코로나로 원격 근무가 많아지면서 집에서 일할 수 있냐는 질문을 많이 받는다. TV 드라마의 경우 특히 더 그렇다. 하지만 팀이 이렇게 클 땐 한 곳에서 직접 얼굴을 맞대고 일할 수 있을 때 얻는 이득이 훨씬 크다.

Q 나 역시 원격으로 일할 때 가장 아쉬운 점, 혹은 그리운 점이 그런 부분이다. 내 방을 나서서 바로 옆 방문을 두드려 질문을 하고 이야기를 나눌 수 있는 이점들.

〈공포의 묘지〉라는 작품을 할 땐 에디터 한 명, 어시스턴트 에디터 두 명, VFX 에디터, 뮤직 에디터가 한 팀을 이뤘다. 지금 일하고 있는 영화엔 에디터 한 명, 어시스턴트 에디터 두 명, VFX 에디터 두 명, 어시스턴트 VFX 에디터 한 명이다. 이 정도 구성이 요즘 가장 일반적인 것 같다.

Q 〈블랙 팬서〉영화에 모두 참여했다. 첫 번째 〈블랙 팬서〉엔 세컨드 어시스턴트 에디터, 그리고 두 번째인 〈블랙 팬서: 와칸다 포에버〉엔 퍼스트 어시스턴트로 참여했다. 다른 점이 있었을까?

〈블랙 팬서: 와칸다 포에버〉에서 퍼스트 어시스턴트 에디터였지만 내가 맡은 일은 일반적인 퍼스트 어시스턴트 에디터와 달랐다. 예를 들어, 에디터가 일이 있어서 자리를 비우면 그 자리를 잠시 메워 주는 일을 하는 등 편집 자체에 좀 더 참여하는 형태의 퍼스트 어시스턴트 에디터였다고 하면 될 것 같다. 나보다 훨씬 경험이 많은 퍼스트 어시스턴트 에디터가 둘이었는데, 그들이 일반적으로 퍼스트 어시스턴트 에디터가 하는 일을 처리했다. 포스트 슈퍼바이저나 다른 부서들과 소통하며 편집실을 운영하는 일 말이다. 에디터들이 그런 일을 하긴 하지만 에디터는 바쁘기 때문에 일반적으로 퍼스트 어시스턴트 에디터가 컨택 포인트가 된다. 일이 있으면 다른 부서에서 퍼스트 어시스턴트 에디터에게 연락하고, 퍼스트 어시스턴트 에디터가 그 일을 어떤 식으로 진행할지 결정한다. 이때 세컨드 어시스턴트에게 일을 맡기는데, 둘 다 내가 사운드 쪽에 강점이 있다는 걸 알아서 그런 일을 많이 할 수 있었다. 이런 크리에이티브한 일을 하는 게 부서 간의 코디네이팅을 담당하는 것보다 내가 훨씬 좋아하는 일이다.

Q 동감이다. 그런 일이 훨씬 재미있게 들린다.

솔직히 말하자면 퍼스트 어시스턴트 에디터가 되고 싶은 마음이 없다. 퍼스트 어시스턴트 에디터만큼 보수는 받지만, 좀 더 크리에이티브한 일을 담당하고 싶다. 새벽 4시에 내일 촬영에 필요한 비디오 클립을 엑스포트해 달라는 전화를 받고 싶지 않다.

〈공포의 묘지〉에선 전형적인 퍼스트 어시스턴트 에디터 일을 해야 했다. 보충 촬영을 위해 몬트리올에 갔는데, 거기에선 포스터 제작 회사에 보낼 각종 미디어를 모으고 그들과 커뮤니케이션하는 일까지 해야 했다.

Q 첫 번째 〈블랙 팬서〉 영화에 이어 두 번째 영화도 참여했는데, 어떤 이점이 있었나?

첫 번째 〈블랙 팬서〉에 참여했고, 그들이 나를 좋아해서 두 번째에도 고용했다는 게 가장 큰 이점이라 할 수 있다. 첫 번째 작품에 참여한 모두를 다시 부른 게 아니라, 그들이 좋아한 몇 명만 다시 고용했으니까.

〈블랙 팬서〉를 작업할 때 라이언 쿠글러 감독이 내가 편집한 신들을 볼 기회가 있던 게 도움이 되었다. 그땐 아이가 없어서 매일 아침 일찍 편집실에 출근해서 감독과 함께 데일리스를 보며 이야기를 나눴다. 데일리스를 보고 나면 라이언이 종종 자기가 필요한 이런저런 걸 편집해 달라고 요청했는데 무척 좋은 경험이었다.

작품마다 다르지만, 마블 영화는 일반적으로 매우 정립된 워크플로에 따라 움직인다. 〈블랙 팬서: 와칸다 포에버〉의 퍼스트 어시스턴트 에디터 중 한 명은 각종 마블 영화에 참여한 덕에 마블 워크플로에 워낙 익숙해서 일하는 데 무척 도움이 되기도 했다. 나 역시 〈블랙 팬서〉에 참여하긴 했었지만, 그사이 대부분 잊었다. 이런저런 작은 것들을 기억하긴 한다. 예를 들어, 아비드에 문제가 생겼을 때 누구에게 연락해야 한다든지 하는 그런 작은 것들 말이다.

Q 작지만 중요한 부분이다. 그런 작은 것들을 원활하게 처리하는 게 사실 꽤 중요하다. 개인적으로 두 번째 영화에 다시 고용되었다는 게 첫 번째 영화 참여로 얻은 가장 큰 소득인 것 같다.

동감이다. 함께 일한 경험이 있고, 서로에 대해 잘 알기 때문에 나를 다시 증명해야 한다는 부담감이 적다.

Q 어시스턴트 에디터로 일하며 가장 보람을 느낀 순간을 꼽는다면?

어려운 질문이다. 일반적으로 '친구들과 함께 큰 스크린으로 내가 작업한 영화를 봤을 때'라는 대답을 많이 들 한다. 사실 일하면서 그 영화를 너무 많이 봤기 때문에 실제 스크린에서 본다고 별 감흥이 있는 것도 아니고 잘 보지도 않는다. 그보다 함께 일하는 사람들과 어떤 신을 보는데 마침 내가 사운드 작업을 한 신이다. 그런데 사람들이 신을 보면서 만족한다면? 그런 순간이 가장 보람 있다. 함께 일하는 사람들이 인정하고 응원해 줄 때.

이번에 '선댄스 영화제'에서 주최하는 디렉터스 랩에 에디터로 참여할 기회가 생겼다. 두 명의 감독과 함께 일하는 시간이었다. 알다시피 우리가 함께 학교에 다닐 땐 서로가 서로에게 어느 정도의 경쟁심을 가지고 있었다. 나중엔 서로 더 돕는 관계가 됐지만 처음엔 특히 경쟁심이 컸다. 편집한 신을 스크리닝하며 비평하는 시간이 되면 꽤 잔인했다. 이번 디렉터스 랩은 달랐다. 모두가 서로 돕고 응원하는 태도로 임했고, 그런 시간을 통해 힘을 얻을 수 있었다.

2장

잘할 수 있다는 믿음은
나에게서 나온다

듣는 게 중요하다

드라마와 영화는 작품에 따라 편집 스타일이 조금씩 다르다. 코미디 영화와 공포 영화의 편집이 다르고, 1940년대 액션 영화와 2000년대의 액션 영화 편집이 다르다. 지독한 롱 테이크Long take °와 느린 리듬의 허우 샤오시엔Hou Hsiao hsien 감독의 영화와 빠르고 현란한 쿠엔틴 타란티노Quentin Tarantino 감독의 영화에서 보이는 편집은 서

●　일반적인 길이의 숏보다 훨씬 길게 편집 없이 숏을 찍는 기법

잘할 수 있다는 믿음은 나에게서 나온다

로 다르다. 왕가위Wong Karwai 감독 영화의 시적인 편집과 스티븐 스필버그Steven Spielberg 감독 영화의 잘 짜인 편집은 분명 다르다. 이렇게 시대, 장르, 만드는 사람 등 여러 이유로 우리는 드라마와 영화에서 조금씩 다른 편집 스타일을 경험하게 된다.

미국에서 참여했던 〈로즈웰, 뉴 멕시코〉와 〈오리지널스〉의 편집 스타일은 참여하는 프로듀서가 대부분 같은 관계로 편집 스타일도 유사하다. 가장 큰 특징은 한쪽의 말이 끝나면 지체 없이 상대방 숏으로 넘어간다는 점이다. 예를 들어, A가 B에게 "너를 사랑해."라고 말하면, 말이 끝나자마자 한두 프레임 후에 바로 B를 보여준다. 편집에 함께했던 프로듀서는 단 한 프레임이라도 그렇게 리액션 숏으로 넘어가는 타이밍이 늦어지면 힘이 떨어진다고 주장했다.

액션도 중요하지만, 그에 따른 리액션이 중요하다. 말하는 것도 중요하지만, 듣는 것 역시 중요하기 때문이다.

토론에서 중요한 것은 상대의 말을 잘 듣는 일이다. 이게 어쩌면 내 말을 하는 것보다 더 중요할지도 모른다. 그런데 가끔 시사 프로그램에 나와 토론하는 이들을 보고 있자면 '과연 토론이 맞는가'라는 생각이 든다. 토론의 목적이 오로지 상대를 찍어 누르고 기분 나쁘게 하기 위함인 것처럼 보이기도 한다. 그러다 보니 서로의 말을 듣지 않고, 듣더라도 본인의 입맛에 맞게 꼬아서 듣는다. 결국 토론은 빙글빙글 원을 그리며 돌기만 할 뿐, 앞으로 한 발짝도 나아가지 못하는 것이다. 상황이 이러하니 '대화'가 제대로 이뤄질 리가 없다.

에디터로서 중요한 덕목은 잘 듣는 것이다. 감독이 말하는 것, 배우가 화면 속에서 말하는 것, 작가가 글을 통해 말하는 것을 잘 들어야 한다. 그들이 말하는 것을 잘 듣고, 그들의 말이 다치지 않고 관객에게 최대한 잘 전달될 수 있도록 돕는 것이 에디터의 일이다. 편집실에선 이것을 기억하며 잘 듣기 위해 애쓰지만, 정작 가정에서는 참 부족하다.

지금은 초등학교에 다니는 둘째가 세 살이었을 때다. 아이가 뭔가를 찾아 달라고 떼를 쓰듯 얘기한다. 옹알이를 할 나이는 아닌데 아내와 나는 무슨 말인지 모르겠다. 떼쓰며 우는 소리에 한국말과 영어가 섞여서 나오는데 정확히 뭘 말하는지 잘 모르겠다. 그때, 여덟 살 언니가 와서 '뭔데?'하고 동생에게 묻는다. 동생은 우리에게 하던 말투 그대로 언니에게 똑같이 뭐라 뭐라 얘기하고, 언니는 그걸 가만히 듣더니 무엇을 찾는지 알아듣는다. 왜일까? 아내와 나는 '듣고자 하는 마음'이 없던 게 아닐까? 아이가 다짜고짜 떼를 쓰듯 말을 하니 이미 시작부터 조금은 짜증이 나서 제대로 듣질 않았을 것이다. 그에 반해 언니는 그게 호기심이든 동생에 대한 사랑이든 '얘가 무슨 말을 하는지 알아내고 말 거야'라는, 듣고자 하는 마음이 컸던 것일 테다.

아직 L.A에 살고 있을 때, 친한 친구 가족이 한국에서 여행을 와 함께 식사를 했다. 미국 유학 시절 만난 친구는 심리상담사로 열심히 일하고 있는데, 마침 우리 첫째와 친구의 딸이 나이가 같아 꽤 시간이 지난 지금도 공감대가 있다.

함께 저녁을 먹는 자리에서 친구는 이규천의 《나는 천천히 아빠가 되었다》라는 책을 소개해 주었다. 저자와 마찬가지로 나 역시 딸이 둘이니 자기보다 더 공감할지 모르겠다는 말과 함께, 마침 가지고 왔으니 떠날 때 나에게 선물하겠다고 했다. 하지만 친구는 약속을 까맣게 잊고서 책을 가지고 다시 한국으로 돌아갔고, 나는 호기심을 안고 직접 이 책을 구입하여 읽었다.

　동생의 말을 금세 알아듣고 동생이 찾던 책을 찾아주는 첫째 아이의 모습을 보며 이 책에서 읽은 한 부분이 떠올랐다.

　　"아이가 부모와 마음의 벽을 쌓는 것 같은 느낌이 들면 먼저 부모 자신의 표정이 어떤지 살펴보면 좋겠다. (…) 아이가 부모에게 다가오도록 만들려면 '네 이야기를 들을 준비가 되어 있어'라는 표정이 우러나게 관리를 해야 한다."
　　- 이규천, 《나는 천천히 아빠가 되었다》, 수오서재(2018)

　삶에서 중요한 것은 말하는 것보다는 듣는 게 아닐까 싶다. 우리는 자기 말하는 것에 정신이 팔려 상대의 말은 잘 듣지 않는다. 어쩌면 거기서 모든 인간관계의 문제가 시작되는 걸지도 모른다. 영화와 드라마는 픽션이라고 하지만, 본질적으로 삶의 연속이다. 우리 삶에서 마주하는 많은 사건들, 혹은 감정들을 허구라는 틀 안에서 재현한다. 그러니 편집에서도 액션에 정신이 팔려 리액션을 잊어서는 안 된다. 액션보다는 리액션이 상황을, 관계를 더 적확하게 보여 주기도 한다. 뭐라 떠들어대는 내 얼굴보다는 어이없어하는 아내와 딸의 얼굴이 상황을 더 적확하게 보여 줄 수 있듯이.

할리우드도 야근 중

한국에서 일하며 가장 힘들었던 일 중 하나는 일주일 내내 계속되던 밤샘과 늦은 야근이었다. 물론 나 하나만 겪던 어려움은 아니다. 야근과 주말 출근이야 한국에서는 직종을 가리지 않고 일상적인 게 현실이다. 나 역시 특히 예고편 프로덕션에서 일할 땐 집에 들어가지 못하는 날이 허다했고, 아침 8시면 집을 나와 자정이 되어서야 들어가는 날이 보통인 하루하루였다. 거기에 온통 어두컴컴한 편집실에서 일하다 보니 지금이 낮인지 밤인지, 밖이 맑은지 비가 오는지도 모른 채 일했다. 그렇게 일을 하니 시간 개념은 희미해지고, 몸은 왠지 더 피곤했다. 마치 외국에 나갔다가 돌아와서 시차 적응 중인 느낌이랄까? 매일 그런 상태였다. 미혼인 상사가 점심나절에서야 출근해 예고 없이 밤을 새우는 일정으로 일할 때면, 아침 일찍 출근한 나까지 덩달아 밤을 새며 일해야 했다. 그럴 때면 그저 집에 있는 임신한 아내에게 무척 미안할 따름이었다. 저녁을 먹기 위해서 모두가 배달 주문을 하거나 밖에 나가 먹을 때 "전 퇴근 할게요."라고 하기 위해서는 돌아올 무언의 눈치를 견뎌낼 엄청난 용기가 필요했다. 지금은 예전보다 좋아졌다는 말도 있지만 대부분 근로 시간이 길고, 야근은 당연시 여겨지며, 정시 퇴근이 눈치 보이는 일인 것은 크게 바뀌지 않은 것 같다.

흔히들 미국에서는 야근이 없고 정시 퇴근을 할 거라는 인식이 있다. 안타깝게도 내가 일하는 분야는 미국 역시 우리나라와 마찬가지로 근로 시간이 다소 긴 쪽에 속한다. 하루 10~12시간 근무는 기본이고 스케줄이 바쁠 때 등 필요하다면 주말 근무도 당연히 할 수 있다. 일주일 내내 아침 9시에 출근하여 새벽 한두 시에 끝난 적도 더러 있었다. HBO를 통해 방영된 유명 드라마의 첫 시즌에 일했던 동료는 일하는 내내 새벽 두세 시에 퇴근하는 게 일상적이었다고 했다. 그렇다면 한국에서 일하던 나의 상황과 미국에서 일하던 나의 상황은 무엇이 달랐을까?

"내가 지금 다른 에피소드 촬영 때문에 편집실에 갈 수가 없네. 주말에 일할 수 있을까?"
"응. 나야 괜찮지. 그런데 제임스에게 물어봐야 해."

어느 날 감독이 이번 주말에 일할 수 있느냐고 문의해 왔다. 제임스는 포스트 프로덕션을 책임지고 있는 프로듀서다. 내가 왜 그에게 확인을 받아야 한다고 했을까?

우리나라나 미국이나 초과근무를 하는 건 마찬가지다. 미국이 그나마 나은 것은 초과근무에 대한 수당을 정확히 챙겨 받을 수 있다는 점이다. 뭐랄까. 야근하는 것은 당연히 싫고 힘들지만, 어쨌든 일한 시간에 대해 돈은 비교적 정확히 챙겨 받을 수 있으니 억울한 느낌이 덜 든다고 할 수 있다.

미국에서 일하던 당시 일주일 50시간 기준, 식사 시

간을 제외하고 하루 10시간 근무 기준으로 급여가 산정되어 있었다. 즉 하루 10시간이 넘어가면 야근 수당을 받게 된다. 이때 우리나라에서의 경험과는 다른 일이 발생한다.

야근하게 될 것 같으면 슈퍼바이저에게 미리 허락을 받아야 한다. 보통 1시간 정도 넘어가는 경우엔 알려만 주는 통보 느낌이지만, 그 이상이 되면 슈퍼바이저의 허가가 반드시 필요하다. 이게 다 돈이기 때문이다. 시대와 장소를 막론하고 돈 주는 사람들은 돈을 최대한 아끼고 싶어 한다. 게다가 포스트 프로덕션을 책임지는 프로듀서는 돈을 얼마나 절약하는지, 예산 내에서 집행하여 방송사에 정해진 기한에 작품을 납품하는지가 자신의 실적이다. 오버타임으로 인해 급여를 더 지급하는 게 달가울 리 없다. 결국 일의 내용상 반드시 오늘 처리해야 할 일이 아니라고 판단되면 오버타임을 하지 말고 다음 날 처리하라고 한다. 앞서 내가 포스트 프로덕션 담당 프로듀서인 제임스에게 확인받아야 한다는 이유가 이것이다. 그는 포스트 프로덕션 예산을 관리하기 때문에 그가 허가하는 야근만이 가능하다.

앞서 말했듯 우리나라에서는 정시 퇴근이 눈치 보

이는 일일 때가 많다. 매일 정시 퇴근을 하면 왠지 주위에서, 특히 상사가 그 직원은 일을 안 한다고 생각하지 않을까 하는 걱정을 자연스레 하게 된다. 아직까지도 책상에 오래 앉아서 일하는 게 일을 잘하는 것이라는 인식이 만연한 듯하다. 야근을 한다고 추가 근무 수당을 꼬박꼬박 정확히 챙겨 받는 게 쉬운 일도 아니다. 우리나라의 일부 채용 공고를 보다 보면 심지어는 받는 게 당연한 야근 수당을 챙겨 주는 것이 자랑인 것처럼 되어 버린 느낌을 받을 때가 있다.

일의 분야마다 다르겠지만, 미국에서 TV나 영화의 스태프들은 급여를 주급으로 받는 게 일반적이다. 매주 그 주에 일한 시간을 적은 타임카드를 제출하면 그것에 근거하여 급여가 지급된다. 현금으로 받을 수도 있고, 은행 계좌로 입금받을 수도 있다. 대체로 목요일에 급여를 받기 때문에 매주 목요일이 가장 즐거운 날이다. 물론 개인적인 의견이다.

급여를 제대로 받기 위해 중요한 것이 타임카드다. 이 타임카드가 나의 일주일 급여를 결정하는 근거이기 때문에 작성을 정확히 해야 함은 말할 것도 없다. 오버

타임을 한 날이 없다면야 정해진 규정과 작성한 계약서에 따라 일주일에 보장된 금액을 받으니 문제가 없지만, 오버타임을 한 날이 있다면 이를 정확히 기재해야 그만큼 돈을 더 받을 수 있다. 주말에 근무하는 경우, 하루 실제 근무 시간이 8시간 미만이라 하더라도 하루 8시간 일한 만큼의 수당을 기본적으로 보장받게 되어 있다. 모든 TV나 영화에서 그런 것은 아니고, 참여 스태프는 물론 배우들도 모두 해당 조합에 가입되어 있어야만 하는 유니온 쇼인 경우에만 가능하다.

'Guaranteed Hours'라는 게 있는데, '일주일에 보장된 금액'이 바로 이 Guaranteed hours에 따라 결정된다. 예를 들어, Guaranteed hours가 주당 50시간인 경우를 생각해 보자. 이는 일주일 급여로 보장되는 기본 금액이 주 50시간 일한 것으로 계산한 금액이라는 의미다. 일주일 Guaranteed hours가 50시간인 경우, 주 5일 근무라면 하루에 10시간 근무하는 것을 의미한다. 그런데 일하다 보면 일이 다 끝나서, 혹은 다른 여러 사정으로 어느 날은 좀 일찍 퇴근할 수도 있다. 이때 실제 근무 시간이 50시간이 되지 않는다고 하더라도 일주일 급여는 50시간 치를 준다. 물론 실제 근무 시간이 50시간이 넘을 땐 당연히 그만큼 더 준다. 대단한 것 같지만 우리나라의 급여제인 연봉제를 생각하면 꼭 그렇지도 않다. 며칠 조퇴했다고 그만큼을 제한 월급을 받는 건 아니지 않은가.

미국에서 일할 당시 동료들 사이에서는 이 Guaranteed hours를 40시간으로 내리자는 의견이 있었다. 하루 기본 근무를 8시간으로 하여 퇴근 후 개인 시간을 보장하자는 뜻에서 나온 주장이다. 일에 파묻히지 않고 개인시간, 가족과의 시간을 보장하자는 취지다. 취지는 좋지만 그렇게 되면 기본 보장 급여가 줄어들기 때문에 개인적으론 그리 탐탁지 않았다. Guaranteed hours가 50시간이라 하더라도 내 일이 다 끝나면 특별한 이유가 없는 한 퇴근이 가능한데, Guaranteed hours을 군이 줄일 필요까진 없지 않을까 싶었다.

한 발짝 살짝 앞으로

CW의 〈제인 더 버진〉에서 일할 때였다. 작품은 슬슬 막판을 향해 가고, 함께 일하는 에디터인 그렉Gregg Featherman은 다음 작품을 쉴지도 모르니 나대로 일단 작품을 찾아보라고 했다. 어떻게 작품을 또 찾나 하고 걱정이던 그때 AFI 선배인 레이첼Rachel Katz에게 전화가 왔다.

"지금 하는 작품 곧 끝나지?"
"응. 당장은 아니지만 한 달 정도 있으면 끝나니까 다음에 할 일 찾아야지."

"좋아. 그럼 내가 아는 작품에서 사람을 찾는다고 하네. 그쪽에 너를 추천할까 하는데 어때?"

"그래? 그래 준다면 정말 고맙지."

"포스트 프로듀서가 나와 같이 일했던 사람이야. 이번에 프리폼Freeform*에서 새로 시작하는 작품인데, 편집실은 아마 산타모니카 쪽인 듯해."

편집실이 산타모니카라는 말에 속으로 잠시 멈칫했다. 집에서 출퇴근이 그리 편하지 않은 길이기 때문이었다. 〈제인 더 버진〉은 셔먼 옥스라는 곳에 편집실이 위치했는데, 물리적 거리는 그리 멀다고는 할 수 없지만 운전하기에 편한 길이 아니라 1년 정도 시간이 지나며 지쳐 갔다. 설상가상으로 출퇴근 길을 책임지던 중고차도 슬슬 수명이 다하는지 L.A에서 셔먼 옥스로 넘어가는 로렐 캐년의 산길에 들어서면 늘 골골거리는 소리를 내며 힘들어했다. 결국엔 어느 출근길 아침 앞뒤로 꽉 막힌 양방향 일 차선 도로 위에서 엔진이 꺼지는 난

● 월트 디즈니 컴퍼니의 산하 미국 방송 회사의 자회사 ABC 패밀리 월드 와이드사가 운영하는 방송국

감한 상황에 처하기도 했다. 구불구불한 언덕길에서 있었던 그날 일을 떠올리면 아직도 아찔하다. 이런 일이 있고 나니 다음 작품은 좀 가까운 곳에서 편하게 오가며 일하고 싶은 마음이 간절했다. 하지만 그렇다고 내 처지에 출퇴근 길이 조금 멀다는 이유로 싫다고 할 순 없었다. 아직은 가릴 처지가 아니었다. 아니, 영원히 '가릴 처지'가 될 수 있기나 할까?

레이첼에게 이력서를 보낸 후 다음 날 프로듀서인 제임스에게 연락이 왔다. 레이첼로부터 정보를 받았고, 본인은 내가 맘에 드니 함께 일할 에디터와 이야기해 보라며 그의 연락처를 주었다. 그날 저녁 퇴근길, 집 앞 주차장에 차를 세우고 에디터에게 전화했다. 조용한 차 안에서 들리는 통화 대기음은 왠지 더욱 크게 느껴졌다.

"제임스에게서 얘기 들었어요. 이력서를 봤는데, 추천인에 마티 Martin Nicholson가 있네요? 잘 알아요?"
"네. AFI 다닐 때 선생님이었기도 하고, 그 후로도 계속 연락 주고받으면서 저에게 도움을 많이 주고 계세요. 몇 번 같이 일할 뻔도 했지만 이뤄지진 못했죠."

"그렇군요. 마티와는 예전에 다른 작품에서 함께 일
했거든요."

"아, 그래요? 그건 몰랐네요."

"음, 난 성환 씨랑 일하면 좋을 거 같은데. 나는 좋지
만, 프로듀서도 동의해야 하니까, 제임스와도 만나
봐요. 제임스에게는 난 좋으니 그도 좋다면 성환 씨
로 하겠다고 말해 놓을게요."

다음 날, 제임스에게서 연락이 왔고, 그다음 날 편
집실에서 제임스를 만나 최종적으로 얘기를 마무리했
다. 프리랜서로 사는 생활의 큰 걱정 중 하나는 다음 일
자리를 구하는 일이다. 그건 예전이나 지금이나 마찬가
지다. 게다가 아직 충분한 경험을 쌓지 못했고 아는 사
람도 별로 없던 그땐 작품이 하나 끝날 때 맞춰 다음 작
품을 구하지 못하면 어쩌나 하는 불안과 걱정이 지금보
다 더욱 컸다. 그런 상황에서 현재 일하는 작품이 끝나
기 전 다음 작품이 정해졌다는 것은 꽤 기쁜 일이었다.
그 후 약 한 달쯤이 지나고 〈제인 더 버진〉을 마친 후
곧바로 〈더 볼드 타입〉 팀에 합류하게 되었다.

〈더 볼드 타입〉이라는 작품을 하게 되며 얻은 가장

큰 행운은 에디터인 콘라드Conrad Smart와의 만남이다. 이 작품에서 처음 함께 일하게 된 콘라드는 처음부터 나를 많이 신뢰해 주었고, 나도 그의 그런 믿음에 걸맞도록 더 적극적으로 일을 했다. 사람은 자기를 믿어 주는 사람을 위해서 더 열심히 한다고 했던가? 나는 더 적극적으로 먼저 움직이고 먼저 한발 앞서서 작품에 무엇이 필요한지 생각하려 애썼다. 덕분에 많은 것을 배우고 발전할 수 있는 계기가 되었다.

〈더 볼드 타입〉은 시청률에서는 그리 좋은 성과는 거두지 못했지만, 평단에서 제법 괜찮은 반응을 얻어냈다. 그 덕분인지는 모르겠으나 첫 번째 시즌이 끝날 무렵 프리폼은 〈더 볼드 타입〉을 일단 시즌 3까지 두 시즌 더 제작하겠다고 발표했다. 그렇게 다음 해 두 번째 시즌에서도 콘라드와 나는 한 팀으로 일하게 되었다.

편집 분야에 일하는 사람이라면 대부분 어시스턴트 에디터에서 그치지 않고 에디터가 되고 싶어 한다. 단지 일의 내용만이 아니라 보수의 차이라는 현실적인 부분 때문이기도 하다. 미국엔 어시스턴트 에디터를 평생 직업으로 선택하여 사는 사람들도 많다. 능력이 부족해서가 아니라 적성에 더 맞기 때문에 선택한 사람들이다. 이런 사람들을 커리어 어시스턴트 에디터Career Assistant Editor라고 부른다. 막상 편집 일을 하다 보니 어시스턴트 에디터로서 하는 편집실 관리라든지 기술적인 부분을 책임지는 부분이 자신과 더 맞고 더 즐거워서 그 길을 택하는 사람들이 있다. 그렇게 생각만 있다면 경력이 좋은 장편 영화 어시스턴트 에디터의 보수가 웬만한 TV 에디터들보다 훨씬 좋을 만큼 생활에 어려움이 없으니 불가능한 일은 아니다.

세상 모든 일이 다 그렇듯이 에디터가 되는 길에 어느 한 가지만 있고, 하나의 정답만 있는 것은 아니다. 거기엔 여러 가지 길이 있다. 어시스턴트 경험 없이 바로 에디터가 될 수도 있고, 아주 오랫동안 어시스턴트 에디터로 일하다 마침내 에디터가 되는 경우도 있다. 리얼리티 쇼에서 오랫동안 에디터로 일하다 드라마의 에디터가 될 수도, 다시 어시스턴트가 되어서 일을 하다 에디터가 될 수도 있다.

CBS의 어떤 작품을 예로 들어 보겠다. 리얼리티 쇼 외에는 이전까지 아무런 드라마 작품 경험이 없던 한 어시스턴트 에디터가 있었다. 그는 작품이 파일럿Pilot* 프로그램일 때 어시스턴트로 일하게 되었고, 그 작품은 정식 시리즈 오더를 받았다. 파일럿을 편집했던 에디터가 정규 시즌에도 계속 일하기로 하면서 그 역시 정규 시즌에 참여했다. 첫 번째 시즌 두 번째 에피소드를 끝낼 무렵, 쇼러너가 에디터 한 명을 해고하는 일이 생겼고 급한 스케줄 탓에 일단 이 어시스턴트 에디터가 그 에피소드를 마무리하기 위해 투입되었다. 쇼러너는 그의 편집을 좋아했고 바로 정식 에디터로 그를 채용했다. 드라마 경험이라고는 파일럿을 제외하곤 두 에피소드밖에 없는 사람이 매우 빠르게 에디터가 된 특수한 경우이긴 하지만 이런 일이 얼마든지 생길 수도 있는 게 현실이다.

이렇듯 여러 경우가 있지만, TV에서 에디터가 되는 가장 일반적인 길은 어시스턴트 에디터로서 한 작품에 여러 시즌을 일하며 에디터와 프로듀서에게 인정받은 후 자리가 빌 때 그들의 추천으로 에디터로 올라가는 방식이다. 그런데 만일 작품이 한두 시즌 만에 끝난다

● TV 시리즈 방영 여부를 결정하기 위해 첫 에피소드를 제작한 샘플 프로그램

면 어떻게 해야 할까? 한 작품에서 여러 시즌을 하진 않더라도 한 쇼러너가 여러 작품을 연이어야 할 때 자신의 에디터가 그 쇼러너와 함께 일한다면 자신 역시 계속 함께하는 것도 방법이다. 즉 에디터가 되기 위해서는 쇼러너, 프로듀서, 그리고 에디터의 신임을 얻어야 한다. 앞서 든 예에서도 만일 그가 쇼러너의 믿음을 얻지 못했다면 에디터가 되는 일이 불가능했을 것이다.

다만 쇼러너와 프로듀서, 그리고 나와 함께 일하는 에디터 모두 내가 에디터가 될 수 있는 준비가 되었다고 생각하더라도 더 이상 에디터가 필요한 일이 생기지 않으면 어쩔 수 없다. 이런 점에서 스케줄이 바빠지는 건 어시스턴트에게 힘들지만, 또한 기회가 될 수도 있는 셈이다. 앞서 말한 CBS 작품에서 보듯이 처음 그 어시스턴트 에디터가 기회를 얻게 된 것 역시 에디터를 새로 구해야 했지만, 바쁜 스케줄 탓에 다른 곳에서 에디터를 빨리 구하기 힘들었기 때문이다. 상투적인 표현이지만 위기는 곧 기회다. 그 기회가 〈더 볼드 타입〉 두 번째 시즌이 시작되자 내게 찾아왔다.

시즌이 시작한 지 얼마 되지 않은 어느 날이었다.

잘할 수 있다는 믿음은 나에게서 나온다

콘라드와 나는 매일 아침 일을 본격적으로 시작하기 전에 소소한 개인 이야기부터 작품에 대한 이야기까지 이런저런 이야기를 나누는 게 일상이었다. 그날도 그런 이야기를 나누던 와중에 콘라드가 이런 얘기를 꺼냈다.

"이번 시즌에 우리가 맡은 에피소드가 네 개잖아. 이중에 최소한 하나 정도는 너도 공동 편집으로 이름을 올릴 수 있으면 좋겠어."
"정말? 그렇게 될 수 있다면 나야 더할 나위 없이 좋을 거예요."
"그래. 적당한 때를 봐서 프로듀서들에게 제안해 보자. 우리가 원하더라도 결정하는 건 그들이니까."
"물론이죠. 혹시 안 되더라도 이렇게 나를 도와주겠다고 말해 줘서 정말 고마워요."

두 번째 시즌이 시작하면서 〈더 볼드 타입〉에 아주 큰 변화가 있었다. 쇼러너가 바뀐 것이다. 한 시즌을 거치면서 어느 정도의 신뢰가 쌓인 쇼러너가 없어졌으니, 콘라드와 제임스가 나를 추천한다고 할지라도 그게 받아들여질지는 확신할 수 없었다. 게다가 에디터가 한 명 더 늘어난다는 건 제작비의 증가와 관련되기 때문에 〈더 볼드 타입〉처럼 제작비가 그리 넉넉한 편이 아닌 작품에서는 단순한 문제가 아니었다.

두 번째 에피소드를 편집할 무렵 콘라드는 프로듀서인 제임스에게 나를 자신과 함께 편집에 이름을 올려 달라고 요청했다. 제임스는 그에 찬성하고 이를 총괄 프로듀서들에게 알렸다. 제임스는 프로듀서 중에서도 편집을 비롯한 후반 작업의 비용을 관리하고 있기 때문에 그가 이 아이디어를 오케이 했다는 것은 일단 돈과 관련된 산은 하나 넘었다는 뜻이었다. 며칠 후 제임스가 내 방으로 찾아와 타임카드를 건넸다.

"이번 주 타임카드 여기에 다시 써 주겠어? 에디터로. 다른 필요한 문서는 브룩클린이 너한테 나중에 서명받을 거야."
"다른 프로듀서들이 오케이 한 거예요?"
"응. 이번 에피소드는 콘라드와 공동 편집으로 일하는 걸로 했어."

원래 계획대로라면 공동 편집을 맡은 콘라드와 내

가 함께 처음부터 편집해야 했다. 하지만 당시 다른 에피소드의 촬영 스케줄 등이 갑자기 묘하게 꼬이기 시작하면서 콘라드는 부득이하게도 전반부에는 함께할 수 없었다. 덕분에 나는 감독과 작업하는 동안 공동이 아니라 혼자 작업을 하는 상황이 되었다. 당시 해당 에피소드의 감독은 전 시즌에도 함께 작업한 감독이었다. 전 시즌에서의 경험으로 미루어 그녀가 편집실에 아주 오랫동안 머무는 스타일이고, 세세한 부분까지 많이 컨트롤하고 싶어 하는 감독이라는 것을 알고 있었다. 어느 날 방문을 열고 콘라드가 들어왔다. 책장에 한쪽 팔을 턱 걸치곤 나를 보고 씩 웃었다.

"처음에 아주 힘든 사람이 걸렸네."
"하하, 그러게요."
"그래도 열심히 해. 처음이 중요하니까."

매일 긴 마라톤과 같은 나날이었다. 아침 9시에 시작해 새벽 1시나 2시까지 일을 하는 날이 일주일 내내 이어졌다. 덕분에 새벽이면 건물을 청소하러 오는 푸근한 인상의 아주머니와 매일 인사를 나누게 되었고, 창밖으로 보이는 길 건너 파라마운트 영화사의 불 꺼진 모습을 빈 거리에 울리는 파도 소리 같은 차 소리와 함께 감상했다. 그렇게 첫 공동 편집 작품이 끝났다. 조금이지만 앞으로 발을 좀 더 내디딘 것 같았다.

인생은 타이밍

"이번 작품은 7월 둘째 주에 시작해서 내년 2월 말경
에 끝날 거야."

구직 과정에서 일자리 관련해 이야기하다 보면 작품이
언제 시작해서 언제쯤에 끝난다는 말을 들을 수 있다.
작품이 정해지고 일을 시작할 때면 포스트 프로듀서가
해당 시즌 전체 포스트 프로덕션 일정을 보내 준다. 제
작이 여름에서 가을쯤에 시작되고 방영이 가을에 시작
되는 작품이 있다. 이때엔 제작과 방영이 거의 함께 진

행되기 때문에 일정을 변경할 수 있는 폭이 제한된다. 세부 일정이야 상황에 따라 이리저리 변할 수 있겠지만, 정해진 방송일까지 해당 에피소드가 끝나야 하므로 전체 일정은 거의 변함이 없다.

이와 달리 미드 시즌Midseason 작품은 대체로 제작이 시작되고 한참 지나서야 방영일이 정해진다. 제작을 여름에서 가을쯤에 시작하지만, 방영은 이른 봄 즈음에 한다고 보면 된다. 제작을 일찍 시작하기 때문에 방영이 시작될 즈음엔 이미 제법 많은 에피소드 편집이 이미 완료되어 있다. 이런 작품의 경우엔 특히 초반에 시간적 여유가 있다. 따라서 스케줄이 많이 변하는 게 다반사고 그렇게 일정은 조금씩 조금씩 밀린다. 결국 처음 일을 시작할 때 프로듀서가 보내 준 일정과 실제 일정은 한 달에서 두 달 정도의 차이가 생기기도 한다. 처음 일을 시작할 때 들었던 기간보다 한두 달 더 이 작품에서 일하게 된다는 말이다. 일 구하는 게 쉽지 않은데 한두 달 더 일할 수 있다면 언뜻 참 좋겠다는 생각이 들 수도 있다. 그런데 그게 또 그렇게 단순하지 않다.

내게 '프리랜서'라는 단어는 두 가지 상반된 감정을 느끼게 한다. 하나는 자유고, 다른 하나는 불안이다. 국

립국어원에 의하면 프리랜서란 "일정한 소속이 없이 자유계약으로 일하는 사람"이라고 한다. 비전속, 비전속인, 자유 기고가, 자유 활동가, 자유 계약자 등으로 순화하여 사용할 것을 권장한다. 이렇듯 프리랜서를 생각할 때 가장 먼저 떠오르는 단어는 '자유'다. 프리랜서라는 단어를 이제 막 처음 듣기 시작하던 시절, 프리랜서는 멋지게 차려입고 열심히 자기가 좋아하는 일을 자유롭게 하는 성공한 사람들의 이미지로 다가왔다. 같은 시간에 회사에 출근해서 책상에 앉아 일하다 퇴근하는 게 내가 아는 직장인의 대표적인 모습이던 그때. 시간에 구애받지 않고, 자기 스스로 자유롭게 일하고, 개인 시간을 충분히 누릴 수 있고, 그러면서도 성공할 수 있다니 이보다 더 좋은 게 어디 있단 말인가. 이런 그럴싸한 모습이 프리랜서를 생각할 때 먼저 떠오른 그림이었다. 하지만 그건 그저 벽면을 가득 채운 프리랜서라는 커다란 그림의 일부일 뿐이라는 걸 알아채면서부터 다른 감정이 스멀스멀 커지기 시작했다. 바로 불안이다.

회사에서 일한다면 회사가 원하는 일을 하면 된다. 회사엔 회사가 추구하는 목표가 있고, 내가 그것을 위해

해야 할 일을 준다. 그 일을 얼마나 더 창의적이고 생산적으로 해내서 다른 동료들과의 차이를 만들어 낼지가 본인의 몫이 된다. 프리랜서는 다르다. 프리랜서는 어느 특정 회사에 속하지 않기 때문에 자기 일을 스스로 만들고 구해야 한다. 나를 위한 영업을 하고, 투자하고, 끊임없이 일을 찾아야 한다. 하나의 프로젝트가 자동으로 그 다음 일을 보장해 주지 않는다. 언제든지 일을 못 할 수도 있다는 가능성이 존재한다. 누구에게나 능력을 인정받고 업계에서 이름이 알려진다면 다음 일을 찾는 게 쉬워질 수 있다. 하지만 그런 호사를 누릴 수 있는 사람이 얼마나 될까?

에디터는 대부분 프리랜서다. 회사에 속하지 않기 때문에 매번 다음 작품을 찾아야 한다. 자기가 직접 찾을 수도 있고, 에이전트의 도움을 받기도 한다. 좋은 관계를 맺은 쇼러너가 있다면 그와 함께 자연스럽게 다음 작품을 할 수도 있다. 수많은 작품을 제작하는 그렉 버랜티Greg Berlanti나 라이언 머피Ryan Murphy의 프로덕션 작품에서 일한다면 그들의 작품들 사이를 오가면서 계속 일할 수도 있다. 그리고 이게 내가 미국에서 일할 때 가장 원했던 형태이기도 하다. 하지만 이건 예외적인 경우다. 대부분은 매번 작품을 찾아 넓고 넓은 구직의 바다로 나가야 한다.

바다에 나갔는데 하필 태풍이 불면 낭패다. 날씨가 좋더라도 바로 전에 커다란 어선이 이미 저 바닥까지 저인망으로 긁어 버려 물고기가 하나도 남지 않았다면 그 또한 낭패다. 구직의 바다에서도 얼마든지 일어날 수 있는 일이다. 요즘에야 넷플릭스로 대변되는 OTT 플랫폼이 늘면서 많이 줄긴 했지만, TV는 시즌이란 게 있다. 그리고 그 시즌에 맞춰서 드라마 제작이 시작되고, 당연히 그 제작 스케줄에 맞춰서 편집팀 고용이 시작된다. 많은 작품이 비슷한 시기에 시작하고 비슷한 시기에 끝난다. 그러다 보니 새 인원을 구하지 않는 '일 가뭄' 기간이란 게 있다.

〈로즈웰, 뉴 멕시코〉 첫 번째 시즌 때였다. 미드 시즌 쇼였던 작품은 역시나 스케줄이 밀리기 시작했다. 원래는 2월 말경에 끝날 예정이었던 일정이 조금씩 밀렸고, 그 사이 일이 들어오기 시작했다. 새 작품에서 현재 작품이 언제 끝나는지 물어왔지만, 〈로즈웰, 뉴 멕시코〉 프로듀서는 내게 정확한 답을 주지 못했다. 결국 나는 그 모든 작품을 거절해야 했다. 〈로즈웰, 뉴 멕시코〉는 서너 번 일정이 변경되더니 3월 마지막 날에 끝났다. 시인 엘리엇이 그랬다. 4월은 잔인한 달이라고. 내게 그해 4월이 정확히 그랬다. 4월은 TV 시즌에서 참 애매한 시기다. 이 애매한 시기에 고용의 바다에 내팽개쳐졌다. 우여곡절 끝에 4월 말경에 다른 작품에 참여하는 기회를 얻었지만, 그 작품이 〈로즈웰, 뉴 멕시코〉가 끝나는 시점 기준 앞뒤로 약 한 달 동안 유일하게 내 그물에 걸린 작품이었다. 태풍이 부는 바다에서 건져 올린 유일한 한 마리였다. 그때 가슴에 불었던 서늘함이란.

더 심한 건 이런 시기일 수도 있다. 할리우드의 작가들이 파업하는 등의 시기 말이다. 이 말은 제작 준비 중이던 작품들, 혹은 아직 작가들이 대본을 쓰면서 제작 중인 작품들은 모두 제작이 중단되었다는 의미다. 만일 이 시기에 하던 작품이 끝나서 다른 작품을 찾아야 하는 상황이라면 그야말로 최악이다. 언제 끝날지 모르는 작가들의 파업을 견뎌내야 한다.

타이밍이 문제인 건 비단 일이 없을 때뿐만이 아니다. 여러 작품이 비슷한 시기에 시작하다 보니 원하는 여러 작품을 놓고서 결정을 내려야 하는 일도 있다. 이게 행복한 고민이긴 하다. 하지만 내가 선택한 작품은 망하고, 그때 포기한 다른 작품은 후에 너무나도 잘되어 여러 시즌 이어진다면? 이것 역시 골치 아픈 일이 아닐 수 없다. 꼭 하나는 망하고 하나는 잘되는 경우가 아니더라도 타이밍 문제 때문에 다른 하나를 아쉽게 포기해야 하는 일도 있다.

〈로즈웰, 뉴 멕시코〉를 끝내고 구한 작품이 끝날 즈음이었다. 〈로즈웰, 뉴 멕시코〉의 다음 시즌이 시작한다는 연락을 받고 나서 바로 다음 날 꽤 매력적인 영화에 대한 제안을 받았다. 영화의 예산은 적지만 내용이 마음에 들었다. 출연진 역시 좋았다. 게다가 내게 작품을 함께하자며 연락을 한 에디터는 이전부터 개인적인 친분이 있는 친구였는데, 언제든 기회가 될 때 함께 일하면서 배우고 싶은 이였다. 둘을 놓고 심사숙고했고 결국엔 〈로즈웰, 뉴 멕시코〉로 돌아가기로 했다. 다른 작품은 타이밍이 좋지 않았다. 예산이 매우 작은 작품이었기 때문에 당연히 주급도 〈로즈웰, 뉴 멕시코〉에 비해 턱없이 낮았다. 혼자서 가족을 부양해야 하는 당시 상황으로는 도저히 감당할 수 없는 액수였다. 만일 내가 조금 더 경험이 쌓이고 경제적으로 더욱 여유가 있을 때 이런 작품이 들어왔다면 두말할 것 없이 선택했을 작품. 그렇게 내가 포기했던 작품 〈미나리〉는 2021년 아카데미에서 좋은 결과를 얻으며 세계적으로 많은 관심을 받았다.

누군가는 나를 위해 도박을 해야 한다

소니의 스트리밍 서비스인 크래클Crackle에서 방영했던 〈스타트업〉은 작업하는 사람으로도 시청자로도 흥미로운 작품이었다. 함께 일하는 사람들도 마음에 들었다. 어시스턴트 에디터 두 명이 한 방에서 일해야 했던 작품이었는데 학교 동기와 일하게 된 덕에 좁은 방에서 어색하게 시작해야 하는 과정을 건너뛸 수 있었다. 프로듀서와 에디터들은 아직 별 경험도 없는 나를 많이 믿어 주었다. 이 작품이 미국에서 학교 졸업 후 두 번째 참여하는 드라마였으니 정말 '아무것도' 모를 때인데, 그들이 도대체 뭘 믿고 그랬는지 미스터리다.

이렇게 좋은 조건의 작품이었지만 딱 한 가지 아쉬운 게 있었다. 아, 아니다. 둘이다. 하나는 매일 L.A에서 산타모니카까지 운전하며 출퇴근해야 했다는 점이다. 출근 시간은 그래도 괜찮았다. 일반적인 직장인들의 출근 시간에서 살짝 벗어나 러시아워가 지난 후에 고속도로에 올랐기 때문이다. 퇴근길에는 꼼짝할 수 없이 도로 위에서 2시간 가까이 보내는 날이 많았다. 매일 편도 2시간, 왕복 4시간 지하철로 출퇴근하는 게 일상이 된 지금 되돌아보면 크게 나쁘지 않지만, 길어야 1시간 내의 거리에서 출퇴근하던 당시엔 여간 고역이 아니었다.

두 번째 아쉬운 점은 〈스타트업〉이 유니온 쇼가 아니라는 사실이었다. 논-유니온 쇼다 보니 페이가 낮았고, 건강보험도 내가 따로 알아봐야 하는 불편함이 있었다. 미국에 살아 본 사람은 알 것이다. 건강보험이 얼마나 큰 문제인지. 그리고 더 큰 문제는 보다 메인스트림의 작품들, 그러니까 케이블 채널이나 공중파 방송에서 하는 드라마는 모두가 유니온 쇼라는 부분이었다. 좀 더 앞으로 나아가기 위해서는 그 첫 문을 어서 찾아 여는 게 필요했다.

잘할 수 있다는 믿음은 나에게서 나온다

여느 때와 마찬가지로 산타모니카 해변 바로 옆에 위치한 편집실에 출근해 일하던 어느 날이었다. 학교 1년 선배가 전화를 걸어왔다. 그는 당시 자신이 일하고 있던 작품에서 2~3주 정도 잠깐 함께 일할 사람을 찾고 있다고 했다. 그리고 통화 말미에 이 작품이 유니온 쇼라는 말을 덧붙였다. 찾고 있던 유니온 쇼이니 망설이면 안 될 일이었지만 2~3주 정도만 사람이 필요하다는 부분이 아무래도 마음에 걸렸다. 그 정도 기간이면 잠깐 사이에 휙 지나갈 시간인데, 그러고 나서 다음 작품을 못 구하면 그야말로 낭패가 아니겠나. 3주 후에 일자리 없는 낙동강 오리알 신세가 될 수도 있고, 거기에 더해서 지금 사이좋게 잘 지내며 일하고 있는 사람들과 괜히 관계만 나빠지는 게 아닐까 하는 걱정이 들었다.

전화를 끊고 그 후로 며칠 동안 고민했다. 이대로 〈스타트업〉에서 시즌 끝까지 있을지, 기간은 짧지만 첫 유니온 쇼의 기회가 왔을 때 이를 잡아야 할지. 고민을 하자면 끝도 없겠지만 선배에게 답을 줘야 했고, 결국 선배의 제안을 받아들여 그쪽 작품에 참여하기로 결정했다. 나름의 모험이었다. 프로듀서에게 내 결정을 알리자 그녀는 유니온 쇼라는 말에 아쉽지만 결정을 이해한다며 쿨하게 나를 보내 줬다.

2주, 길어도 3주라는 시한부 인생으로 시작한 〈아이위트니스〉. 시작하는 날부터 주변 사람들에게 이제 첫 '유니온 TV' 작품을 시작한다고 알리기 시작했다. 이렇게 작품을 하나 시작하니 짧지만 경험이 있다, 사람이 필요하다고 듣게 되면 꼭 알려 달라고 말이다. 운이 좋았는지 〈아이위트니스〉에서 약속한 시간이 거의 다 되어 갈 무렵 예전에 만난 적이 있던 다른 선배의 소개로 그렉이라는 에디터와 연락이 닿았다.

그렉은 인터뷰를 위해 나와 만나길 원했는데 주말보다는 주중이 좋다고 했다. 나는 물론 그도 주중엔 일이 몇 시에 끝날지 예상하기가 힘들기 때문에 결국 출근 전 아침 일찍 그의 집에서 만나기로 약속했다. 약속한 날 차를 몰아 LAX공항 남쪽에 위치한 그의 집에 7시 30분 즈음 도착했다. 나지막한 지붕의 집들이 넓게 펼쳐져 있는 주택가의 캘리포니아, 특히 L.A 지역의 전형적인 단층 단독 주택. 초인종을 누르자 안경을 쓴 50대 후반에서 60대 초반으로 보이는 그렉이 나를 반겨 주었다. 그는 부엌으로 나를 안내했고 미리 준비한 샌드위치와 커피를 내주었다.

약 1시간 동안 주로 그렉이 나에게 질문을 하는 형태로 대화는 계속되었다. 쾌활하게 이야기를 나눈 그날, 만남의 끄트머리 즈음에 이르자 자신이 이전 시즌에 편집한 에피소드를 몇 가지 알려 주며 한번 볼 것을 요청했다. 이 작품은 편집팀 내부적으로 처리해야 할 그래픽이 많아 그것들을 타이트한 스케줄 속에서 감당할 수 있을지 스스로 판단해 주길 원했다. 내 스스로 그러한 부분을 감당할 수 있다고 여기면 그때 자신이 나를 고용하겠다고 프로듀서들에게 말하겠다는 말과 함께.

업무가 모두 끝나고 집에 돌아와 그렉이 알려 준 에피소드를 찾아보기 시작했다. 과연 그의 말대로 이런저런 소소한 그래픽 요소들이 많이 들어가는 작품이었다. 화면에 나타나는 화살표, 문자 메시지, 말(생각)풍선 등 사실상 그린 스크린Green screen을 제외한 모든 걸 편집팀 내부에서 소화한다고 봐도 무방한 수준이었다. 다행히 작품에서 요구하는 내용은 모두 이미 알고 있거나 혹은 조금만 하다 보면 금세 할 수 있는 것들이었다. 다음 날 그렉에게 전화를 걸어 내가 감당할 수 있음을 알렸다. 포스트 프로듀서와의 2차 면접 후 최초로 유니온 쇼를 처음부터 끝까지 하게 되는 경험을 시작했다. 후에 들은 바에 의하면, 쇼러너와 프로듀서가 아직 유니온 쇼를 해본 경험이 없는 내가 괜찮겠냐며 그렉에게 물었고, 그렉은 나를 믿는다며 고용하기를 주장했다고 한다. 1년이 가까운 시간 동안 그렉은 늘 나를 믿고 내가 많은 것을 배울 수 있도록 도와주었다.

첫 유니온 쇼, 첫 드라마, 첫 에디터 작품. 미국에서 일했던 몇 년 동안 이 모든 '첫'이 붙는 순간엔 언제나 나를 믿는 누군가가 있었다. 작품 경험이 별로 없던 나를 믿고 리드 어시스턴트 에디터Lead Assistant editor로 고용해 주었던 〈스타트업〉의 프로듀서, 유니온 쇼 경험이 전무하던 나를 믿고 〈아이위트니스〉의 프로듀서에게 추천해 주었던 선배, 그리고 여전히 부족한 경험을 안고 있던 나를 믿고 프로듀서와 쇼러너에게 적극적으로 나를 밀어붙인 그렉. 나를 믿고 일종의 도박을 감행한 그들이 없었다면 그때 그 순간 앞으로 나아갈 수 없었을 것이다. 나는 내 뒤를 따라오는 누군가의 첫 순간에 그들을 믿어 주는 사람이 될 수 있을까?

잘할 수 있다는 믿음은 나에게서 나온다

경력자를 구합니다

'TV 드라마 경력이 있는 사람을 원함'

아는 사람들이 보내는 이메일을 통해서 날아오는, 혹은 페이스북 그룹 페이지에 올라오는 구인 글의 끝엔 이 문구가 심심찮게 등장한다. 스케줄이 빠르게 흘러가는 탓에 일에 적응할 시간이 부족하고, 그렇기 때문에 경험이 있는 사람이 필요하다는 말이니 일견 이해가 되는 대목이긴 하다. 스케줄에 어느 정도 여유가 있다면 굳이 경력자만을 고집할 이유는 없다. 문제는 관리하는 사람으로서는 경력이 있는 사람과 일하는 게 아무래도 편하니 이럴 때도 여전히 경력자를 원하게 된다는 점이다.

2019년 3월. 코로나가 유행하면서 할리우드는 대대적으로 원격 근무를 도입했다. 자기가 일하는 편집실 문을 열고 나오면 함께 일하는 동료가 모두 보이고, 커피를 마시며 라운지에서 작은 일상 이야기부터 작품에 관련된 진지한 논의까지 이뤄지던 환경이 갑작스럽게 바뀌게 되었다. 모두가 함께한 공간에서 일할 땐 모르는 게 있으면 바로 옆 방문을 열고 동료에게 빠르게 질문을 하고 답을 얻을 수 있다. 혹은 함께 고민할 수 있다. 편집실을 구성하는 모든 인원 간에 각종 문제를 두고 빠른 커뮤니케이션이 가능하다. 하지만 원격 근무를 하게 되면서 이런 커뮤니케이션이 원활하지 않게 되자 경력자를 선호하는 경향이 더욱 강해졌다. 최소한의 커뮤니케이션과 관리하에도 일을 능숙하게 처리할 수 있는 사람이 더욱 필요하다고 느끼기 시작한 것이다.

그런데 이런 식으로 경력이 있는 사람만을 뽑다 보면 신입이 들어갈 자리가 없다. 신입을 뽑지 않는데 경력을 쌓을 수 있을까? 경력을 쌓을 수 없는데 경력이 있는 사람만 원한다? 내가 편집했던 작품 중 ENA에서 방영한 〈사장님을 잠금해제〉라는 작품이 있다. 작품만으로 보면 잘 만들어진 재미있는 작품인데 더 많은 사람이 보지 못해 아쉬운 작품이다. 아무튼 이 작품엔 주인공의 신입 사원 면접 현장이 나온다. 요즘 젊은이들답지 않게 스펙이 맹숭맹숭하니 여기서 일을 하려면 좀 더 경험을 쌓아야 하지 않겠냐는 임원. 그리고 경험을 쌓기 위해 이 자리에 왔다, 일할 기회를 줘야 경험을 쌓을 수 있는 게 아니냐는 남자. 작품에서는 주인공의 단추가 날아가서 임원의 목구멍으로 들어가고, 결국 그 주인공은 사장이 되어서 돌아오는 코미디로 마무리 지은 상황이었지만 결코 웃을 수만은 없는 아픈 현실이다.

"곧 TV 드라마 파일럿에서 일하게 되었는데, 나 도와줄 시간 있을까?"

함께 학교에 다녔던 친구인 마이클에게서 연락을 받았다. 현재 미국에서 드라마와 영화 편집에 가장 널리 쓰이는 프로그램은 아비드라는 편집 프로그램이다. 이 프로그램의 기능 중 스크립트Script(에디터를 위해서 촬영본을 준비하는 과정에 필요한 기능)라는 기능이 있다. 그가 일하게 될 작품에서 이 기능을 쓰는데 그는 거기에 익숙하지 않은 상황이었다. 해당 작품은 마이클이 스크립트 기능을 쓰는 데 익숙하지 않다는 사실을 알고도 그를 고용한 걸까? 대답은 '그렇다'이다. 파일럿은 일반 시즌보다도 훨씬 스케줄이 급박하게 돌아간다. 파일럿이 잘되어야 방송국으로부터 정식 시리즈 오더를 받을 수 있으므로 그 압박감도 당연히 말할 수 없이 크다. 그런 상황에서도 그들은 마이클을 고용했다. 그들에게 이유가 무엇인지 직접 물어볼 수는 없지만, 아마도 그 정도는 일하면서 충분히 배우고 더 익숙해질 수 있다고 생각한 게 아닐까?

"면접에서 아냐고 물어보면 몰라도 안다고 해."

친구들끼리 모여 이야기할 때 면접에서 아냐고 물어보면 무조건 안다고, 할 줄 안다고 대답해야 한다고 서로에게 말하곤 했다. 그들이 아느냐 물어보는 것은 대부분의 경우 조금만 시간이 지나면 금세 익숙해질 수 있는 것들이다. 어시스턴트 에디터의 업무는 무척 넓다. 할 일이 많다. 특히 미국 어시스턴트는 경험상 한국의 어시스턴트 에디터보다 많은 일을 한다. 그 많은 일에서 누구라도 할 수 없는 것은 없다. 어려운 일이 있고, 또 그저 얼마나 익숙해져서 그 일들을 능숙하게 처리할 수 있느냐의 차이일 뿐이다. 누구나 할 수 있고, 다만 익숙해져야 하는 문제다.

나 역시 메이저 방송국 중 하나인 CBS에서 제작하는 드라마의 에디터로 처음 일하게 되었을 땐 당연히 많은 것을 알지 못했다. 조금 늦게서야 내 실수를 발견하고 식은땀을 몇 차례 흘리기도 했다. TV 드라마는 OTT 드라마와 달리 상영 시간이 정해져 있다. 좀 더 정확하게 말하면, 최소와 최대 상영 시간이 정해져 있다.

〈제인 더 버진〉이라는 작품에서 어시스턴트 에디터로 일할 때였다. 편집이 모두 끝나고 사운드 믹싱을 하는 날 전화를 받았다. 현재 사운드 믹싱 중인데 에피소드 상영 시간이 정해진 제한 시간보다 몇 초 더 길다는 내용이었다. 큰일이다. 이건 방송사고다. 머리가 하얘지고 땀이 흘렀다. 이 사실을 에디터, 프로듀서는 물론이고 쇼러너도 알게 될 것이다. 없던 스케줄이 생기고, 아마 나가야 하는 돈도 늘어날 것이다. 어쩌면 해고당할지도 모른다. 별별 생각이 머리를 가득 채웠다. 그때, 전화기 너머의 그는 조심스럽고 친절한 목소리로 처음이면 그럴 수 있다며 어떻게 이 문제를 재편집이라는 큰 문제로 발전시키지 않고 해결할 수 있을지 내게 방법을 알려주었다. 그의 도움으로 다행히 일은 더 커지지 않고 해결되었지만, 그때 그의 연락을 받았을 때 덜컥 내려앉던 심장은 꽤 오랫동안 바닥에 뒹굴었다.

그 후로도 잘 모르는 것은 동료들에게 물어가며 하나하나 처리했고, 그러다 보니 어느새 일에 꽤 익숙해질 수 있었다. 내게 도움을 청했던 친구의 예가 바로 이 점을 프로덕션 측에서 이해하고 있는 경우가 아닐까? 기본적인 능력이 있으니 금세 익숙해질 것이라는 믿음.

잘할 수 있다는 믿음은 나에게서 나온다

아내는 다 계획이 있었다

미국에서 일할 땐 늘 도시락을 싸서 다녔다. 초기엔 일하는 곳 근처 식당에서 점심을 사 먹었다. 아내는 매일 사 먹는 바깥 음식이 아무래도 건강에 좋지 않을 것 같다며 걱정했다. 게다가 물가가 싸지 않은 L.A였으니 매일 밥을 사 먹는다는 게 빠듯한 살림에 은근히 부담되기도 했다. 그렇게 내 도시락 점심이 시작되었다. 고등학교를 졸업하고 10년도 훨씬 더 훌쩍 지나 다시 시작된 도시락 점심이었다. 미국에선 아이가 학교에 늘 도시락을 가져가기 때문에 메뉴는 아이의 것과 같았다. 마침

어린이 입맛인 나에겐 딱 맞았다. 볶음밥, 스파게티, 딸기잼이나 누텔라를 바른 식빵, 꼬마돈가스….

어느 날 아침, 부엌에 내려가 보니 여느 날과 마찬가지로 아내가 나와 아이의 도시락을 준비하고 있다. 매일 두 명의 도시락을 준비한다는 게 쉬운 일이 아니다. 스파게티가 들어간 냄비에서 물이 팔팔 끓고 있다. 오늘의 메뉴는 스파게티인가 보다. 아내는 끓고 있는 냄비 옆에서 도시락에 함께 들어갈 과일을 동시에 준비 중이다. 음식을 할 때 이런 멀티태스킹은 어떻게 할 수 있는지. 나에겐 불가사의의 영역이다. 그나저나 물이 넘칠 것만 같은데 아내는 그걸 모르나 보다.

"불 줄일까?"

아내에게 물으며 내 손은 이미 가스버너로 향한다. 내 불안한 마음과 달리, 아내는 내 쪽은커녕 냄비도 보지 않은 채 태연한 목소리로 괜찮으니 그냥 두라고 한다. 보지도 않고 어떻게 알지? 가스버너로 향하던 손을 멋쩍게 거두고 냄비를 들여다본다.

잘할 수 있다는 믿음은 나에게서 나온다

"넘칠 것 같은데…"

"괜찮아."

내가 보기엔 당장이라도 물이 넘칠 것 같은데 아내는 태연하다. 물은 내 걱정을 비웃듯 냄비의 끝에서 절묘하게 넘을 듯 말 듯 아슬아슬하게 춤을 춘다. 보글보글 올라오는 거품들이 마치 나를 약 올리는 듯하다. 아니다. 이러다 어느 순간 갑자기 불이 확 올라오면서 물이 넘칠 게 확실하다. 조금만 있으면 물은 넘치고, 넘친 물은 냄비를 타고 내려와 치익 요란한 소리를 낼 것이다. 그 소리에 아내는 화들짝 놀라고, 난 얼른 냄비를 들겠지. 보글보글. 끓어오르는 거품을 노려본다. 이거야말로 손에 땀을 쥐는 긴장의 순간이다. 한시도 눈을 뗄 수 없다. 지금은 고인이 된 영화 에디터인 노먼 홀린Norman Hollyn이 말한 "Lean Forward Moment."다.

영화에서 두 사람이 싸우는데 한쪽이 너무 세서 싸움이 쉽게 끝나 버리면 재미가 없다. 마동석 배우의 귀싸대기 액션은 예외다. 그의 액션은 반전이 없고 예측할 수 있다. 그런데도 늘 재미있고 통쾌하다. 암튼 이렇게 한쪽이 너무 세면 재미가 반감하는 건 액션만이 아니다. 대화도 마찬가지다. 하나의 신이나 시퀀스를 보기 위해서 같은 영화를 여러 번 보기도 하는데, 그중 대표적인 게 타란티노 감독의 영화 〈바스터즈: 거친 녀석들〉에 나오는 신 중 하나다. 영화의 시작에 나오는 신인데, 독일 장교가 유대인을 숨겨 준 프랑스인과 오두막에서 이야기를 나누는 아주 간단한 세팅이다. 별것 없을 듯하지만, 식탁에 앉은 두 사람 사이에서 오가는 대화가 뿜어내는 긴장감은 어느 액션 장면이나 무서운 장면에도 뒤지지 않는다. 아니, 오히려 더 뛰어나다. 아래에선 불이 활활 타고, 냄비의 끝에서 대화의 물이 넘칠 듯 말 듯 끓는다. 언제 넘칠지 모르는 그 순간에서 눈을 뗄 수 없다.

다시 우리 집 부엌이다. 물은 여전히 넘치지 않았다. 물이 턱없이 부족하여 냄비 저 아래에서 끓고 있었다면 난 아마 그대로 냄비를 지나쳐 거실로 가서 음악을 틀었을 것이다. 물이 지나쳐서 내가 부엌에 들어서자마자 넘쳤다면 이것저것 잴 것 없이 얼른 냄비를 들고 불을 줄였을 것이다. 어느 쪽이든 냄비에 무엇이 담겼는지, 어떤 음식이 만들어지고 있는지 관심을 보낼 기회가 없었을지도 모른다. 냄비 속의 물이 절묘하게 긴장의 균형을 유지하며 끓기 때문에 지금 이렇게 눈을 떼지 못하고 그 안을 들여다보는 게 가능하다. 게다가 면이 지금쯤이면 잘 익었을까, 오늘은 아내가 새우를 좀 더 넣어줄까, 저 모양은 애가 좋아하겠는걸… 이런 생각들이 머릿속을 맴돈다. 냄비는 프레임이 되고, 스파게티는 캐릭터가 되고, 끓는 물은 풍성한 이야기가 된다. 보글보글. 보글보글. 아, 그렇구나. 아내는 도시락을 준비하면서 내게 편집을 가르쳐 주려고 했나 보다. 아내는 다 계획이 있었다.

코로나의 공습

2020년 3월. 변화는 갑자기 찾아왔다. 코로나 감염에 의한 피해가 심상치 않아지자 캘리포니아 주지사 가빈 뉴섬 Gavin Newsom 은 주 전역에 'Stay at Home' 명령을 내린다. 촬영은 중단되었고, 제작이 예정되어 있던 작품들은 기약 없이 제작이 연기되기 시작했다. 편집실에서 일하던 사람들은 제대로 준비할 겨를 없이 갑작스럽게 집에서 일을 해야 하는 상황에 부닥쳤다. 나 역시 말 그대로 집으로 가는 길에 차를 되돌려 다시 편집실로 돌아가 짐을 정리해야 했다. 편집 분야에서 재택근무가 늘어날 것이라는 의견은 늘 있었고, 기술의 발전에 따라 지금보다 더 일반화될 것이라는 의견이 있었다. 코로나는 이러한 변화를 가속화했다. 픽처 락이 이뤄지고 나머지 후반 작업 진행을 기다리던 작품, 아직 편집이 진행 중인 작품 등 작품마다 처했던 상황은 다르지만 저마다의 상황에 맞추어 강요된 재택근무가 시작되었다.

몇 달간의 긴 터널을 지나 같은 해 10월쯤에 들어서자 드라마 촬영이 본격 재개되기 시작했다. 어렵게 재개된 촬영장의 모습은 코로자 전과 아주 달랐다. 매일 배우와 스태프들은 코로나 검사를 받았다. 배우들은 액션이 울리기 전까지 마스크를 쓰고, 컷이 울리자마자 재빠르게 다시 마스크를 썼다. 카메라는 일정 거리 이상 배우에게 다가가지 못했다. 변화된 촬영장의 모습에 못지않게 편집실의 모습도 바뀌었다. 스튜디오가 마련해 주는 편집실에서 함께 일하던 모습에서 각자의 집에 흩어져 일하는 재택근무로 모습이 변화했다.

준비 없이 갑작스레 등 떠밀리듯 시작해야 했던 3월과 달리 모든 작품은 시작부터 재택근무를 위한 준비에 공을 들였다. 이 준비는 촬영이 재개되기 수개월 전부터 스튜디오와 각 길드 사이엔 촬영 재개에 대비한

토론이 시작이었다. 코로나로 인해 모든 제작 환경이 바뀔 것이 자명하니 그에 대비하기 위함이었다. 이 토론에서 촬영장은 물론 사무실 등 실내에서 요구되는 각종 안전 지침이 다뤄졌다. 수개월 동안 계속된 토론은 9월 말에 이르러 합의에 이른다. 이 합의서에는 많은 부분이 포함되어 있다. 하지만 동료들 사이에서 가장 화제가 된 쟁점은 정작 이 합의서를 통해 구체적으로 합의되지 않은 각종 비용 문제였다.

재택근무를 한다는 것은 내 집의 공간, 인터넷, 전기 등을 업무를 위해 쓴다는 의미다. 따라서 이에 따른 비용을 스튜디오가 부담해야 한다는 게 동료들의 주장이었다. 합의서엔 이에 대한 정확한 기준이 마련되지 않았다. 계약이 시작되자 동료들은 스튜디오가 제안한 각종 액수를 이야기하며 토론하기 시작했다. 동료들은 스튜디오가 제시한 금액이 턱없이 부족하다고 느꼈다. 그동안 물리적 편집실과 시스템을 렌트하며 들인 비용만큼 투자하지 않고, 그에 따른 불편함을 온전히 편집팀에게 떠민다고 주장했다. 그 후로 많은 시행착오와 토론을 거쳐 현재 할리우드는 일종의 가이드라인이 제법 자리 잡은 상태다.

잘할 수 있다는 믿음은 나에게서 나온다

재택근무가 시작되며 가장 궁금했고 한편으로 걱정되던 것은 집에서 그 많은 데이터를 어떻게 처리하고 감당할 수 있을 것인가였다. 미국 일반 가정의 인터넷 속도 수준은 우리나라와 비교하면, 아니 아예 비교하기도 민망한 수준이니 걱정을 안 할 수 없었다. 하지만 실제로 재택근무를 시작되면서 집 인터넷 속도는 일반적인 수준이라면 문제되지 않는다는 것을 발견할 수 있었다. 이는 실제 작업이 이루어지는 시스템은 내 집이 아닌 중앙 서버에 존재하기 때문이었다.

실제 작업이 이뤄지는 시스템은 서버를 전문적으로 렌털해 주는 업체의 서버실에 있을 수도 있고, 혹은 스튜디오 사무실에 있을 수도 있다. 그곳의 네트워크 시스템은 기존의 편집실에서 일할 때와 마찬가지로 대용량의 데이터를 처리할 수 있는 여건이다. 편집자는 집에서 일반 컴퓨터에 설치된 전문 원격 접속 프로그램이나 원격 접속 전문 박스를 통해 이 시스템에 접속한다. 마치 컴퓨터 본체는 사무실에 있고 모니터는 내 집 안에 있는 형태로 일할 수 있게 된다.

화상 회의는 아마도 코로나가 모든 분야에 걸쳐 일반적인 모습으로 정착시킨 변화 중 하나다. 한국에 돌아

오기 전 마지막으로 참여했던 작품 〈로즈웰, 뉴 멕시코〉
의 경우 매주 월요일 전 팀원이 화상 회의를 했다. 한 공
간에서 일할 땐 이런 형태의 정기적인 회의가 없었다.
궁금한 점이 있으면 복도를 잠깐 지나 문을 두드리면 풀
렸다. 휴게실에 드나들며 서로 인사를 나누고, 함께 커
피를 마시며 이야기했다. 그렇게 끊임없이 커뮤니케이
션을 할 수 있었다. 이제 직접적인 커뮤니케이션이 불가
능해진 환경에서 정기적인 화상 회의는 프로젝트의 진
행 과정의 체크는 물론, 한 팀으로 함께 나아가고 있다
는 공동체 의식을 잃지 않게 해 주는 장치 역할을 했다.

재택근무가 가능해지면서 거주지를 정할 때 훨씬
많은 선택지를 놓고 고민할 수 있게 되었다. 뉴욕이나
그 외 지역에서 편집하는 경우를 제외하고 대부분의 미
국 드라마 편집실은 L.A에 위치한다. L.A는 관광객들에
겐 매력적이고 즐거운 도시겠지만, 실제 이곳에서 사는
사람들은 많은 이유로 좀 더 외곽으로 벗어나 살고 싶어
한다. 이러한 경향은 특히 자녀가 있는 가족일수록 더하
다. 자녀들의 교육 문제일 수도 있고, 좀 더 쾌적하고 깨
끗한 생활 환경을 위해서일 수도, 혹은 좀 더 나은 집값

때문일 수도 있다. 나 역시 L.A를 벗어나 살고 싶었다. 무엇보다도 아이의 교육 문제(L.A의 공교육은 그야말로 처참하다)가 가장 큰 요인이었다. 그리고 좀 더 쾌적한 생활 환경을 원했다. 그러나 긴 업무 시간과 교통 체증을 감안하면 L.A를 벗어나기란 거의 불가능했다. 매일 4시간 동안 길 위에서 시간을 보내는 게 어디 쉬운 일일까. 주변에도 이와 같은 고민을 하면서 이러지도 저러지도 못하는 사람들이 수두룩했다. 일부 용기 있는 사람들은 직업을 바꾸기조차 했다.

코로나로 인해 가속화된 재택근무 환경은 이제 이러한 고민을 많이 덜어 준다. 〈로즈웰, 뉴 멕시코〉 편집 팀의 경우, 세 명으로 구성된 인하우스 VFX 아티스트 중 두 명은 텍사스주에, 한 명은 캘리포니아주에 거주했다. 같은 해 참여했던 〈스누피〉 시리즈는 캐나다에서 일하는 아티스트가 다수였을 정도로 일하는 사람의 물리적인 위치가 문제 되지 않았다. 〈파친코〉 역시도 후반 스태프들은 L.A와 뉴욕에 분산되어 있다. 게다가 지난 2022년엔 한국에서 미국 제작사와 함께 장편 영화를 이미 두 편 편집했다. 작업자가 어디에 있는지는 점점 큰 문제가 되지 않고 있는 듯하다.

　이는 팀을 꾸리는 쇼러너의 입장에서 보면 팀 구성에 유연성이 더해진다는 것을 의미한다. 대개 쇼러너는 물리적으로 접근이 쉬운곳에 편집실을 꾸리고 싶어 한다. 쇼러너의 집이 L.A라면 그곳에, 뉴욕이라면 뉴욕에, L.A 외곽이라면 그 외곽 지역에 꾸리고 싶어 하는 게 쇼러너의 일반적인 바람이다. 쇼러너가 L.A에 산다면 편집팀 역시 대부분 결국 L.A 지역에 사는 사람들로 꾸려지게 된다. 이는 물리적 접근성의 문제와 노동조합 관련 문제가 복합적으로 작용한 결과다. 재택근무를 통한 100% 원격 편집이 가능해지면서 물리적 위치에 제한받을 필요가 없어졌다. 쇼러너는 뉴욕에 거주하고, 에디터 한 명은 L.A, 두 명은 밴쿠버, 어시스턴트 에디터들은 각각 시애틀, 샌프란시스코에 사는 게 가능해졌다. 조금 더 범위를 넓히면 모두가 다른 나라에 거주하며 일을 하는 것도 가능하다.

　안타깝게도 이와 같은 변화는 아직 만족할 만한 수준이 아니다. 자신이 거주하는 지역에서 활동하는 에디터로 편집팀을 꾸리려는 쇼러너들의 사고는 아직 변화의 속도를 제대로 따라잡지 못하고 있기도 하다. 실례로 동료 에디터 중 한 명은 새롭게 시작하는 작품 인터뷰를 가졌지만, 최종적으로 쇼러너가 자신이 사는 뉴욕에 있는 에디터들과 일하고 싶다는 이유로 작품에 참여하지 못했다. 이는 자신이 물리적으로 편집실에 가야 한다는 생각에 기인한 것일 텐데, 재택근무가 일반적으로 자리하기 시작하는 지금의 변화에 뒤처지는 사고다. 결국 인재 풀을 좁게 한정해 버리고, 더 나은 작품을 만들 수 있는 가능성을 스스로 낮추는 셈이다. 부디 이것이 내가 아는 일부 케이스에 그치는 것이고, 더 많은 쇼러너들이 변화한 환경에 맞춰 그들의 팀을 꾸리고 있길 바란다.

원격 편집 환경은 팀 구성의 유연함이라는 좋은 가능성을 제시했지만, 진입 장벽을 높이는 역효과 역시 가져왔다. 자신이 이제 막 일을 시작하는 초보 어시스턴트 에디터라고 가정하자. 일을 하다 잘 모르는 부분이 생기면 어떻게 할까? 예전이라면 바로 옆에서 일하고 있는 다른 어시턴트 에디터의 방문을 두드리고 들어가 쉽게 물어볼 수 있었다. 필요하면 그 어시스턴트 에디터가 직접 어떻게 하는지 보여 줄 수도 있다. 재택근무를 하게 되면 상황이 달라진다. 질문이 있을 때 이를 해결하는 게 언제나 쉬운 일이 아니다. 관리자의 입장에서 이런 상황은 절대 달갑지 않다. 결국 충분한 경력을 갖춘 사람을 찾는 현상이 강해지고, 이 분야로 새로 들어오고자 하는 지망자들의 진입 장벽은 높아진다. 실제 주변 지인들에게서 듣는 구인 소식을 들여다보면 이러한 변화를 실감할 수 있다. 고인 물은 썩는다고 했다. 모두가 썩은 물을 마시고 싶지 않다면 반드시 조심해야 한다.

　앞으로 미국 TV 드라마는 모두 재택근무를 통한 100% 원격 편집 환경에서 이루어질까? 사실상 모든 작품이 재택근무를 시행하면서 이제는 모두가 이 시스템에 익숙해졌다. 처음에 있었던 삐걱거리는 부분들도 시행착오를 거쳐 고쳐지고 제대로 자리 잡기 시작했다. 이런 상황에서 굳이 예전처럼 편집실로 출근하고자 하는 사람은 그리 많지 않다. 스튜디오 역시 마찬가지다. 현재는 완전 원격 근무와 혼합 근무 형태가 공존하고 있다. 물론 코로나를 다루는 것에 익숙해지면서 예전처럼 100% 편집실 근무로 진행하는 작품도 있다. 개인적으로는 혼합 근무가 적합한 형태라고 생각한다.

지금 할 수 있는 일

"잘 지내지? 다음 달 초면 내가 지금 작업하는 작품
이 끝나. 다음에 할 작품을 찾고 있는데, 사람 구한
다는 소식이 들리는 작품 있으면 알려 주지 않을
래?"

작품이 끝나기 두어 달 정도가 남으면 지인들에게 이메
일을 보낸다. 지금 작품이 얼마 후에 끝나기 때문에 새
작품을 찾기 시작한다는 내용을 알리기 시작한다. 이 사
람 저 사람, 이메일을 가지고 있는 사람이라면 누구에게

나 이 내용을 알린다. 행여 너무 자주 연락해서 그들이 귀찮아하거나 하는 일이 없도록 신경을 쓴다. 다행히 할리우드는 에디터와 어시스턴트들 사이에 서로 돕는다는 동료애가 참 강하다. 한 작품이 끝날 즈음이 되면 혹시라도 다음 작품을 구하지 못하고 오랫동안 일이 없으면 어떡하나 하는 불안감이 이만저만 큰 게 아니다. 혼자라면 조금 쉬더라도 크게 걱정하지 않을 테다. 주변을 보아도 그렇다. 혼자 사는 사람들은 다음 작품을 찾는 것에 대해 상대적으로 스트레스를 덜 느낀다. 기혼인 데다 아이도 있는 나는 입장이 많이 다르다. 며칠이라도 일을 쉰다는 것은 상상할 수 없다. 쉬는 만큼 돈을 덜 벌게 된다. 일을 쉰다고 나가는 돈이 줄어드는 것도 아닌데 어딜 감히 쉰단 말인가. 하루라도 더 쉼 없이 일해야 한다. 이메일을 열심히 보내고, 관련 사이트 검색도 열심히 한다. 요즘엔 MPEG 사이트에 구인란도 생겼다.

작품마다 차이는 있겠지만, 작품 에피소드당 신 수는 대체로 마흔 개에서 마흔다섯 개 정도다. 에피소드당 촬영 일수를 8일로 잡았을 때, 평균 하루 대여섯 개의 신이 찍혀서 다음 날 편집실에 도착한다는 계산이 나온다. 촬영이 끝나고 3~4일 정도 후엔 에디터스 컷을 감독에게 보내야 한다. 효과음과 음악은 물론 임시 VFX 작업도 해야 하는 것을 감안한다면 결코 만만한 일이 아니다. 그래서 에디터가 신경 써야 하는 것 중 하나가 전날 찍혀 도착한 신들을 가능한 밀리지 않고 그날그날 편집해 나가는 일이다. 완벽하진 않더라도 최대한 주어진 시간에 지금 할 수 있는 것들을 할 수 있는 만큼 공들여 처리해 놓아야 한다.

한 달, 혹은 1년 후를 생각하면 두려운 일이 많다. 다음 작품을 찾는 걱정은 하루 종일 가슴을 짓누른다. 이건 어떻게 해야 하나, 또 저건 어떻게 해야 하나. 생각하는 것만으로 가슴이 막힌다. 너무 걱정되어 머릿속이 하얗게 되어 버리곤 한다. 그렇다고 마주할 일을 무시할 수도 없는 노릇이다. 그럴 땐 매일매일 그날 내 앞에 놓인 신들부터 하나씩 편집하는 모습을 떠올린다. 모든 장면이 어느 정도 모양을 갖추면 그다음엔 각 장면을 하나씩 다듬고, 신들의 연결을 다듬어 준다. 그렇게 하나씩 쌓다 보면 작품이 완성된다. 삶도 그럴까? 내 앞에 놓인 일들, 내가 오늘 할 수 있는 일들을 하나씩 처리한다. 그리고 그것들이 쌓이고 어느 시점에 이르면 그것들을 잇

176 × 177

고, 다듬고… 그렇게 하면 더 큰 나의 삶이 완성되는 걸까? 매일 다섯 개의 신을 편집하다 보면 어느새 마흔 개의 신이 완성되어 있는 것처럼, 오늘 내가 할 수 있는 일부터 하나씩 하다 보면 큰 문제도 해결될 거라는 바람을 가져 본다.

잘할 수 있다는 믿음은 나에게서 나온다

윤권수

프로듀서

⟨피지컬:100⟩ ⟨먹보와 털보⟩ ⟨연인⟩ 등

Q 안녕하세요. 간단한 자기소개 먼저 부탁할게요.

저는 2005년에 MBC 문화방송에 촬영감독으로 입사했습니다. 드라마, 다큐멘터리, 예능 프로그램 등 많은 프로그램 촬영을 담당하다가 한 5년 정도 회사 기획 부서로 이동해 예산과 정책을 다루는 일을 좀 하고, 다시 현업으로 복귀해 촬영이 아닌 프로듀서로서 일하는 윤권수라고 합니다. 보통 회사에서 저를 테크니컬 프로듀서 또는 포스트 슈퍼바이저 또는 그냥 프로듀서라고 부르기도 합니다. 저는 프로듀서는 멀티 플레이어 같은 역할이라고 생각해서 제가 비록 촬영 전공이지만 촬영 외에 프로듀서 역할, 드라마나 예능 프로그램의 연출, 프로그램 기획, 그리고 후반 작업까지 전부 할 수 있도록 위해서 많은 노력을 하는 사람입니다.

Q 테크니컬 프로듀서라고 말씀하시는데, 몇 년 전 우리가 처음 만났을 때 피디님으로부터 이 명칭을 들은 게 처음이었어요. 포스트 슈퍼바이저랑 같은 말인가 했죠. 둘을 비교하면 어떤가요?

저는 포스트 슈퍼바이저라는 역할을 넷플릭스와 일하면서 처음 접했습니다. 이들이 얘기하는 포스트 슈퍼바이저라는 개념을 들어보니, 포스트 프로덕션 스케줄부터 모든 것을 관리해 주고 이끌어 주는 그런 슈퍼바이징의 개념으로 얘기하더라고요. 그런 사람들이 예산을 수립하는 등의 프리프로덕션 단계부터 의사결정에 참여해서 최종 결과물이 나오는 순간까지 계속 참여하는 개념이죠. 그런데 할리우드에선 포스트 슈퍼바이저라는 직함만 봐도 그 일을 하는 데 무리가 없어요. 그 일을 하는 데 누구도 방해하지 않죠. 한국은 제가 그냥 농담처럼 얘기하는 거지만 조선시대에 사농공상 신분제도가 있었다면, 대한민국 미디어 산업에도 사농공상이 있거든요. 내가 무엇으로 불리느냐가 중요한 거죠. 포스트 슈퍼바이저라고 불리면 지금 할리우드에서 하는 이 업무를 할 수가 없어요. 한국에선 아무도 인정해 주지 않고 아무도 그 권한을 주지 않기 때문이죠.

Q 그런 식의 이름이 붙으면 다들 이 사람은 직급이 낮다고 생각하고, 하는 말에 힘이 실리지 않게 되죠.

맞아요. 근데 프로듀서라는 타이틀이 붙으면 가능해지는 거예요. 대한민국에 있는 미디어 산업에서 대부분 사람이 고정관념처럼 느끼는 게 프로듀서라면 예산을 만드는 사람이라고 생각해요. 그러다 보니까 프로듀서란 이름이 꼭 붙어야 하는 게 중요했어요. 저는 처음 넷플릭스 콘텐츠를 시작할 때 그 부분에 착안했고, 내가 하는 롤을 포스트 슈퍼바이저로 부르면 안 되고 프로듀서라고 불러야겠다고 생각했던 거죠. 그런데 프로듀서의 일이 어마어마하게 방대하잖아요. 어디서부터 어디까지 할지 모르는 거죠. 전 그걸 다 하겠다는 생각으로 접근했어요. 지금에서야 조금 정립이 됐는데, 처음엔 기술적인 부분부터 시작하자고 마음을 먹고 테크니컬이라는 말을 붙여서 테크니컬 프로듀서라는 말을 썼어요. 그때가 2021년이었으니 이제 3년 정도 지났죠. 지금은 그 테크니컬이라는 말을 빼 버렸어요. 그냥 프로듀서란 말을 쓰면서 제가 총괄하는 기획부터 마지막 결과물까지, 납품한다면 납품과 방송까지 책임지는 프로듀서의 역할을 합니다. 이 역할이 영화에서는 기존의 디렉터와 프로듀서가 나뉘어 있었던 것처럼 방송이라는 프로그램 제작에서도 디렉터와 프로듀서로 나누는 개념을 도입하고 있다고 생각하면 되는 거죠.

그런데 이게 또 따지고 보면 드라마 쪽에서는 이미 나뉘어 있었어요. 드라마 연출과 프로듀서가 따로 있었는데, 한국 방송에서의 드라마에서 프로듀서의 역할이 사실 좀 제한적이었어요. 권한이 제한적이라는 게 아니라 업무의 전문성이 제한돼 있었다고 표현하면 맞을 것 같아요. 한국 드라마에서 PD는 프로듀서가 이미 있었지만, 이들은 대본을 발굴하고, 작가를 계약하고, 연출자를 꾸리고, 스태핑을 하고, 예산을 수립하고 이를 집행하고 하는 것들은 전형적인 프로듀서 일인 거죠. 그렇지만 테크니컬한 부분은 난 모른다고 했어요. 즉, 마지막 결과물이 어떻게 나오든 난 그냥 돈으로 계산할 거라는 개념으로 접근해 왔었죠. 넷플릭스를 비롯한 글로벌 OTT가 오리지널 콘텐츠를 만들기 전까지는 사실 대한민국에서 만들어지는 드라마라는 작품의 퀄리티가 늘 방송 수준 이상을 넘어갈 수 없었는데, 그 이유가 저는 여기에 있었다고 봐요. 프로듀서 입장에서는 예산을 절감시키면서 최대한의 퀄리티를 끌어내는 게 목적이잖아요. 그런데 의무적으로 내가 만든 드라마가 HD 혹은 4K로 마지막 아웃풋을 해야 한다는 의무적인 규정이 없다면 프로듀서 입장에서는 그걸 할 이유가 없는 거예요. HD나 2K로 만들어서 그냥 방송을 내도 무리가 없었으니까요.

그런데 넷플릭스라는 어떤 거대한 OTT 오리지널 작품이 들어왔고, 그들이 이렇게 꼭 이렇게 해야 한다는 의무 규정을 정하니 프로듀서가 신경을 써야 하는 거죠. 그런데 그동안 한국의 프로듀서가 그런 테크니컬한 부분을 전문적으로 하지 않았다 보니 판단하는 데 여러 어려움이 많았어요. 그러다 보니까 그런 역할들을 누군가는 대신해 줬어야 하는데 그걸 넷플릭스에서는 '할리우드에는 포스트 슈퍼바이저 라는 게 있으니 이런 사람을 쓰라'고 해서 이걸 도입한 겁니다.

그런데 제가 이걸 경험해 보니 한국에서는 그 이름을 쓰면 안 되겠어요. 그래서 테크니컬 프로듀서라고 이름을 붙여서 시작했죠. 근데 제가 테크니컬 프로듀서라고 얘기를 하면서 들어가면 저는 또 정말 테크니컬한 것밖에 못 해요.

Q 모두가 거기서 딱 끊고 기획이라든지 다른 부분은 못 하게 빼 버리겠죠?

맞아요. 예를 들어서 예산이라는 것은 한도가 정해져 있잖아요. 피자 크기가 정해져 있는데 피자를 몇 조각으로 나누느냐가 중요해요. 저한테 한 조각밖에 안 주고 '너 이렇게 해'라고 하면 저는 한계가 생겨 버리니까 원하는 걸 못 만들잖아요. 이 피자 한 판 전체를 관리할 수 있는 능력과 권한이 있어야 하는데 그건 결국 프로듀서가 갖는 거잖아요. 그래서 저는 이제 테크니컬 프로듀서라는 말도 안 써요, 저한테는. 다만, 저와 같은 길을 걷겠다는 사람이 들어오면 그 친구가 처음에 시작은 그걸로 하죠. 테크니컬 프로듀서로 시작하고, 경험이 쌓이면 테크니컬을 떼고 프로듀서로 올 수 있게끔 도와요.

Q 말하자면 일종의 로드맵을 그리고 계시네요?

저 나름의 어떤 커리어 맵을 만들고 있는 거죠. 근데 사실 미국은 이미 있는 거잖아요.

Q 그렇죠. 다만 한국에서는 안 하던 거죠.

어색해하는 거고요. 한국에서는 그게 뭐가 필요하냐, 내가 프로듀서니까 내가 다 하면 된다고 했죠. 그런데 저희가 한번 시계를 10년 전으로 돌려 보자고요. 드라마를 예로 들면, 이 모든 권한을 감독이 갖고 있었어요. 이 사람은 보통 방송사 직원으로 있는 감독이죠. 드라마 피디라고 불리는 분들요. 그분들이 예산부터 연출까지 모든 걸 다 통제하는 제왕적 권력을 누리고 있었어요. 지상파 3사 또는 케이블 정도만 있을 땐 이런 제왕적 드라마 피디의 시스템으로 만들어진 드라마가 흥행했어요. 그런데 지금은 아니죠. 볼 게 너무 많아요. 말하자면 제왕적 시스템에서 탄생한 드라마가 아닌 합리적 시스템에서 탄생한 넷플릭스 드라마들이 더 재미있어서 시청자의 눈도 그쪽으로 돌아가는 거죠.

이랬던 제왕적 감독의 힘을 빼서 감독과 프로듀서를 구분해 온 게 지금까지 한 10년이라면, 앞으로의 10년은 프로듀서의 분업화가 이뤄져야 하는 시간이라고 할 수 있어요. 각 프로듀서의 전문성을 인정해 줘야 되는 거죠. 저는 사실 테크니컬 프로듀싱이라는 부분이 전문성을 인정받는다면 그게 제가 달려온 일에 약간 보람이지 않을까 생각해요.

Q 넷플릭스나 디즈니 같은 OTT가 우리나라에 많이 들어오면서 우리나라 시스템에 영향을 많이 주고 있다고 생각해요. 그런데 변화라는 언제 좋기만 한 건 아니잖아요? 특히 일하는 사람 입장에서는 말이죠.

아직 그 판단을 내리기가 쉽지 않은 상태죠.

Q 피디님이 느끼기에 가장 큰 변화는 어떤 거예요? 테크니컬 프로듀서라는 직책이 생기고, 납품 스펙이 바

뀌고 그런 정도를 넘어서 완전히 틀을 바꾸는 큰 변화도 있나요?

제가 느끼는 바를 설명해 드릴게요. 전적으로 개인적인 의견이니까 이게 일반화됐다고 말씀드릴 수는 없다는 걸 참고해 주세요.

비유부터 시작하면 저는 지금 대한민국 미디어 산업 시장이 구한말과 똑같다고 생각해요. 지금 미국 배, 유럽 배가 와서 강화도에서 문 두드리고 포 쏘고 있거든요. 그런데 지금 지상파 방송사들은 정문에 척화비 하나씩 세우고 있는 거예요. 척화비 세워 놓고 '우리 건 우리가 지켜야 해'라는 개념으로 하는 거죠. 그런데 그사이에 옆 나라 일본은 개방하는 거죠. 개화 혹은 개방을 해서 선진 문물을 받아들이고 자기네 걸로 체득시켜서 스스로 성장하기 위한 노력으로 삼고 있는 것 같아요. 말하자면 일본이 CJ라고 생각해요. 스튜디오 드래곤 같은. 또는 그 외에 수많은 유수한 능력 있는 제작사들요. 지금 OTT와 협업을 많이 하는 에이스토리나 아크미디어 같은 여러 유명한 제작사들요.

이게 어떤 결과를 초래하고 있는가를 생각해 보면,

일단 지상파 방송사의 경쟁력이 다 떨어지고 있는 거예요. 지상파 방송사에서 만들어 내는 드라마든 예능이든 그 수많은 작품을 개화, 개방을 통해 만들어 낸 작품들과 비교해 봤을 때 누가 봐도 그냥 차이가 나는 거예요. 흥행의 차이는 물론, 결과물 품질의 차이가 나기도 하죠. 이게 이유가 뭐냐, 왜 우리는 이렇게 안 되느냐에 대한 고민을 하고 그에 대해서 개선하든 뭔가 변화를 받아들이든 해야 하는데 아직도 지상파 방송사에서는 안 움직이고 있어요. 움직여지지 않아요.

지상파가 움직이지 않는 이유는 크게 두 가지로 볼 수 있어요. 첫 번째 이유는 이들이 아직 현실 인식을 제대로 못하는 거예요. 아직도 넷플릭스나 디즈니가 만들어 놓은 콘텐츠가 지상파 콘텐츠보다 얼마나 더 나은지, 혹은 지상파 콘텐츠가 그들보다 어떤 장점이 있는지 이런 거에 대해서 인식을 안 해요. 인정하지 않고, 인정하고 싶어 하지도 않는다는 거죠. 두 번째는 지상파 방송사가 만들어 낸 콘텐츠가 여전히 그래도 소비가 된다는 사실이에요. 이 두 개가 유지가 되고 있으니까 지상파 방송사 입장에서는 지금 당장 변할 필요가 없는 거잖아요. 그런데 저는 지금이 위기라고 생각해요.

가게엔 시그니처 음식이 있잖아요. 스타벅스 시그니처를 아메리카노라고 해 보자고요. 그런데 아메리카노가 이디야로 넘어가면? 그럼 스타벅스는 흔들리는 거아닌가요? 나는 상식적으로 그렇다는 생각이 들거든요. 그럼 방송사에서 만들어 놓은 프로그램 중에 가장 시그니처는 뭘까요? 드라마잖아요. 그런데 드라마가 다 끝났어요. 지금 시청자들이 여전히 소비하고 있는 지상파 콘텐츠는 드라마라는 시그니처 콘텐츠가 아닌 다른 콘텐츠를 소비하고 있어요.

Q 예능 같은?

예능이나 다큐멘터리 뭐 이런 것들. 다큐멘터리도 사실 많이 죽었죠. 그렇다면 예능인데, 예능도 이번에 백상예술대상에서 '피식대학'팀이 상을 받았잖아요. 그럼 이제 예능도 끝난 거 아닐까요? 저는 지금 지상파 방송사는 썩은 동아줄을 잡고 있는 정도의 위기에 직면해있다고 느끼는데, 지상파에서 일하는 대부분 구성원은 그런 위기의식을 실감하지 못하고 있는 것 같아요.

그나마 지상파 중에서는 MBC가 그래도 변화가 빠

르다고 볼 수는 있어요. 제작사의 개념으로 작품을 만들어서 넷플릭스에 납품하는 개념으로 몇 작품이나 했잖아요. 그런데 그런 움직임에 대해서 지상파가 왜 그렇게 손해 보는 짓을 하느냐는 비판도 있어요. 사실 손해가 아니거든요. 손해가 난 건 뭐냐면 그런 작품들을 만들어내는 크리에이터들, 다 MBC에서 나갔다는 겁니다.

Q 제가 한국에 돌아와 일하면서 가장 이해할 수 없던 것 중 하나가 스케줄이 너무 제멋대로라는 점이에요. 여러 가지 변수 때문에 스케줄에 조금씩 변화가 있을 순 있겠지만, 한국은 다음 주 스케줄이 주말에 나오는 일이 일반적이라고 할 수 있을 정도더군요. 미국은 대체로 월요일부터 금요일까지 주중 5일간 매일 12시간씩 촬영하고, 주말에 쉬는 규칙적인 스케줄로 움직이거든요. 왜 한국은 좀 더 규칙적인 스케줄로 촬영이 이뤄지지 않는 걸까요?

정말 많은 이유가 있어요. 먼저, 할리우드는 기본적으로 스튜디오 제작 시스템이에요. 야외 장면을 찍더라도 스튜디오에 세트를 세우고 거기서 촬영하죠. 그렇다

보니 날씨 등 다른 여러 요소에 상대적으로 영향을 덜 받습니다. 그런데 우리는 웬만하면 로케이션 나가서 찍거든요. 나가서 찍는다는 건 이미 스케줄에 많은 유동성을 안고 간다는 걸 의미하죠. 그리고 두 번째 이유가 배우예요. 우리는 모든 촬영 스케줄이 전적으로 배우에 맞춰져요.

그런데 사실 그것도 정말 탁월하게 잘 조정을 하면 고정될 수 있어요. 그럴 수 있음에도 불구하고 이런 유동성이 생기는 이유는 그만큼 우리 드라마 제작진이 철저한 사전 준비를 한다고 볼 수가 없다는 얘기죠. 넷플릭스는 논픽션 작품의 프리프로덕션으로 최소한 4개월을 권고해요. 드라마는 아마 더 하는 걸로 알고 있어요. 6개월 정도 하지 않을까요? 8개월일 수도 있고요. 그에 반해서, 지상파는 프리프로덕션이라고 할 수 있는 기간이 길어야 두 달, 짧게는 한 달이에요. 그러니 한 달, 두 달 만에 정리해 놓은 스케줄이 의미도 없을뿐더러 당연히 유동성이 생길 수밖에 없는 거죠.

Q 그런 모든 어려움에도 불구하고 계속 변화를 끌어내기 위해서 노력하고 계시잖아요. 변화를 조금씩 만들

어 내고 있기도 하고요. 긍정적인 변화가 계속 이뤄질
수 있다고 생각하세요?

　　51%와 49% 사이에서 왔다 갔다 합니다. 시간이 지
나면 지날수록 정말 왔다 갔다 해요. 차라리 변화가 안
된다는 가능성이 60%나 70%면 아예 다른 길을 찾겠는
데, 그것도 아니거든요. 계속 이 1%를 두고 왔다 갔다
하는 거죠.

Q　희망 고문 같은 느낌이네요. 그래도 용기를 잃지 말
고 지금처럼 계속 노력해 주세요.

존 멀린 John Mullin
어시스턴트 에디터

〈그레이하운드〉〈스타트렉: 디스커버리〉〈베터 콜 사울〉 등

Q 어시스턴트 에디터의 역할은 무엇인가?

먼저 촬영한 데이터에 빠진 게 없는지 확인하고, 에디터의 방식에 맞게 정리한다. 이건 기본적인 거고, 정말 중요한 것은 크리에이티브한 측면에서 에디터를 돕는 일이다. 그래서 난 어시스턴트 에디터를 에디터의 크리에이티브 파트너로 정의한다. 시나리오와 스토리 전개에 대해 토론하고, 어떻게 편집하는 게 좋을지 이야기하고, 템프 뮤직Temp music과 사운드 디자인Sound design에

대해 함께 고민한다. 배가 제대로 가도록 조종하는 기술자이면서, 크리에이티브한 사서라고나 할까? 그러면서 마스터로부터 배우는 수습생이기도 하다. 물론 모든 작품에서 이런 역할을 항상 할 수 있는 것은 아니지만, 이게 내가 바라는 최상의 역할이다.

Q 어시스턴트 에디터로 일하면서 가장 어려운 점은 무엇인가?

여러 개의 접시를 한꺼번에 돌리면서 미치지 말아야 하는 것. 작품마다 그만의 어려움이 있지만, 동시에 많은 일을 완벽하게 처리해야 하는 점이 어렵다. 또 쇼러너나 프로듀서를 편집실로 데려와 승인을 받는 일도 까다롭다.

Q 오랫동안 TV 드라마에 참여했다. 포스트 프로덕션 작업 환경에서 바꾸고 싶은 게 있다면?

아내에게 늘 이런 말을 한다. "일하는 시간이 좀 짧으면, 난 세상에서 가장 행복한 사람이 될 수 있을 거야.”라고. 이 일을 사랑한다. 하지만 말도 안 되는 데드라인에 치여 산더미처럼 쌓인 일을 처리하느라 늦게까지 일해야 한다. 정말 참기 힘들다. 뭐… 이 일이 원래 그렇지만.

〈스타트렉: 디스커버리〉를 작업할 때, 일이 끝나면 집에서 예전에 방영한 〈스타트렉〉을 보곤 했다. 여전히 훌륭한 작품이다. 지금과 비교하자면 촬영 분량이나 VFX 장면이 적다. 편집 스타일도 지금보다 복잡하지 않았고. 요즘 TV 드라마는 영화만큼, 혹은 영화보다 비주얼이 좋다. 기준이 높아졌기 때문이다. 그에 따라 작업 시간도 늘어났지만, 요구하는 스케줄은 예전 그대로다. 〈스타트렉〉 같은 유명한 작품은 기대치 때문에 더 공을 들여야 하는데 효과음 작업, 음악 작업, 임시 VFX 작업을 하다 보면 시간이 늘 부족하다.

Q 포스트 프로덕션의 중요성은 종종 간과되는 듯하다. 말이 나온 김에 포스트 프로덕션과 프로덕션에 대해 이야기해 보자. 프로덕션은 많은 사람이 참여하고, 언뜻 보기에 뭔가 더 큰 일처럼 보인다. 그렇기 때문에 시청자건 종사자건 포스트 프로덕션보다 프로덕션에 대한

관심이 더 크다. 그 관심만큼 대우도 달라지나?

　　대우가 공평하지 않다고 느낀 적은 없다. 그러나 관심은 차이가 난다. 촬영장에선 많은 사람이 함께 일한다. 촬영장은 마치 전쟁터와 같다. 프로덕션은 많은 사람을 촬영장에 모이게 하고, 촬영하는 동안 모두가 안전하게 잘 지내고 잘 먹을 수 있도록 신경 써야 한다. 현장에서는 지금 눈앞에 있는 일에 집중해야지, 저 멀리 사무실에서 촬영이 끝나기만을 기다리는 사람은 신경 쓰지 않는다.

　　시청자도 마찬가지다. 편집에 대해선 별로 생각하지 않는다. 에디터는 영상과 음향이 최대의 효과를 내도록 뜯어고치면서도, 동시에 우리가 이렇게 편집했다는 걸 사람들이 느끼지 못하도록 한다. 시청자는 편집에 문제만 없다면 그걸로 만족한다. 설령 문제가 없어도 그게 편집 덕분이라는 걸 알지 못하면서. 드라마 DVD 부록으로 들어가는 '비하인드 더 신'에 포스트 프로덕션과 에디터의 일을 소개해도 별 재미가 없을 거다. 나는 거기에 나오려면 일단 트레이닝복을 벗고 면도를 해야 한다. (웃음)

Q TV 드라마 편집과 영화 편집에 대해 물어보고 싶다. TV 드라마 편집은 영화 편집보다 대우를 받지 못하는 듯하다.

편집이라는 역할 자체가 무시당하지는 않는다. 훌륭한 편집은 어느 분야에서나 훌륭하다. 내가 어릴 땐 더 좋은, 더 창조적인 이야기는 영화에서나 가능하다고 했다. TV 드라마는 제약이 많다고 하면서 말이다. 이제 이 말은 더는 통하지 않는다. 나는 내가 진짜 보고 싶은 이야기가 TV 속에서 펼쳐지는 것을 경험했다.

기존 시즌이 20화 이상의 에피소드였다면 지금은 8화에서 12화 정도로 구성된, 보다 짧은 시즌이 많이 등장하고 있다. 그러면서 90분에서 120분 사이의 영화보다 등장인물의 변화, 이야기의 꼬임과 풀림을 보여 주는 일이 쉬워졌다. 그렇다고 영화가 재미없다는 말은 아니다. 다만 확실한 것은 지금 TV에는 '미치도록 흥미로운' 쇼가 아주 많다는 사실이다.

3장

다시, 시작

내부 조감독이 뭐죠?

"기사님, 안녕하세요? 이쪽은 오늘 처음 만나시죠?
 XXX 내부 조감독이에요."

한국에 돌아온 지 얼마 되지 않아 모 작품에서 한 달여
간 가편기사로 일할 때였다. 여느 때처럼 함께 점심을
먹기 위해 모인 자리. 안경 쓴 한 남자분을 처음 만났는
데 옆에 있던 어시스턴트 에디터 분이 당시 진행 중이던
다른 작품의 내부 조감독이라고 소개해 주었다.

　신을 바꿔 어느 커피숍. 한국에 돌아오기 이전부터

약간의 친분이 있던 피디와 오랜만에 다시 만나 이야기
하던 중이었다.

　　"미국에 포스트 프로듀서라는 게 있거든요. 이 사람
　　　이 하는 일이…"
　　"아, 우리나라 내부 조감독 같은 거네요?"
　　"네? 아, 네. 그렇죠."

　　내부 조감독, 혹은 내부 조연출이라는 명칭을 이전
에도 여러 차례 듣긴 했지만, 정확히 어떤 일을 하는지
는 아직 파악하지 못했던 그때, 일단 그렇게 어정쩡한
긍정의 대답을 하며 대화를 진행했다. 내부 조감독? 뭐
하는 사람이지?
　　내부 조감독. 내가 아는 조감독은 작품 제작 기간
내내 감독 옆에서 분신처럼 일하는 사람이다. 그런데 여
기에 '내부'라는 말이 붙으니, 아마도 촬영 현장보다는
어딘가 사무실에서 일어나는 업무에 좀 더 집중하는 조
감독이라는 의미인 듯하다. 여기까지가 직접 내부 조감
독을 만나서 일하는 모습을 보기 전까지 내 예상이었고,
그 예상은 크게 틀리지 않았다.

몇몇 작품의 내부 조감독들이 일하는 모습을 옆에서 넌지시 바라보며 지금까지 내가 파악한 그들의 업무는 간단히 말해 연출·제작과 편집을 비롯한 후반 제작 과정을 잇는 일인 것으로 보인다. 편집실에 자주 보이고, 편집 상황을 체크하는 모습도 보이고, CG 등을 비롯한 다른 후반 제작 업체들과 분주히 스케줄링하는 모습들. 촬영이 끝나고 편집을 비롯한 후반 작업이 진행되는 동안 감독과 가장 가까운 거리에서 함께 일하는 사람. 그렇게 생각하니, 그 피디가 미국의 포스트 프로듀서와 같다고 한 말이 이해된다.

나라가 다르니 조직도 다를 수밖에 없다. 즉, 한국의 내부 조감독과 미국의 포스트 프로듀서는 비슷하지만 여러 차이가 있다. 포스트 프로듀서는 대부분 포스트 프로덕션 어시스턴트나 코디네이터로 일을 시작하여 포스트 프로덕션 슈퍼바이저를 거쳐 차곡차곡 단계를 밟아 온 경험이 많은 사람들이다. 경험치는 물론이고 작품 제작 과정에서 가지고 있는 힘의 차이도 비교할 바가 아니다. 한국의 내부 조감독은 굳이 비교하자면 미국의 포스트 프로덕션 코디네이터 정도다. 미안하지만 냉정하게 말해, 포스트 프로덕션 슈퍼바이저 정도도 안 된다.

또 하나의 큰 차이는 입장 차이다. 내부 조감독은 연출팀이다. 포스트 프로듀서는 편집팀이다. 이 얼마나 큰 차이인가. 미국 TV 드라마 편집팀은 기본적으로 에디터, 어시스턴트 에디터, 포스트 프로듀서, 포스트 프로덕션 슈퍼바이저, 포스트 프로덕션 코디네이터, 포스트 프로덕션 어시스턴트로 구성된다. 여기에서 정확히 말하자면 에디터와 어시스턴트 에디터만이 편집자조합 소속이지만 이들 모두는 하나의 편집팀을 구성한다. 포스트 프로듀서는 팀원 고용부터 후반 예산 관리와 작품 납품까지의 모든 후반 작업 관리를 맡아 진행하며 편집팀의 총책임자 역할을 한다. 포스트 프로듀서는 어쨌든 '프로듀서'이기 때문에 '우리 편'이 아니라며 약간의 긴장감을 유지하는 입장도 분명히 있다. 개인적으로는 그런 작은 부분은 무시하고 함께 편집을 이끌어 간다는 생각으로 일하는 게 도움이 되지 않을까 싶다. 그런 면에선 한국의 내부 조감독과 편집팀 간의 긴장 관계를 깊이 들어가면 어떤 모습일지 궁금하다.

에디터나 어시스턴트 에디터 입장에서 포스트 프로

듀서라는 존재의 가장 큰 장점은 편집이라는 본래의 임무에 집중할 수 있도록 한다는 점이다. 예를 들어, 제작사와 스케줄 문제로 정리가 필요하다면 우리나라에선 에디터나 어시스턴트 에디터가 제작사와 이야기하게 될 것이다. 미국에선 포스트 프로듀서나 그 아래에 있는 포스트 프로덕션 슈퍼바이저 혹은 코디네이터가 정리를 해 준다. 제작팀에 이런저런 문의를 해야 할 때, 혹은 스크립트가 늦어져 제작팀에 일종의 항의를 해야 하는 경우에도 굳이 내가 불편함을 감수할 필요가 없다. 그들이 이 부분을 담당해 처리해 주기 때문이다. 포스트 프로듀서의 말은 '프로듀서'라는 위치에서 나오는 말이기 때문에 '조연출'이나 '조감독'보다는 미칠 수 있는 영향의 무게가 좀 더 크다.

글을 마치면서 두 가지를 확실히 밝힐 필요가 있음을 느낀다. 하나는, 여기서 말하는 미국의 케이스는 TV 드라마 시스템에 기반한다는 점이다. 영화는 조금 다를 수 있다. 둘째는 이 글은 내부 조감독에게 그의 업무에 대해 직접 묻지 않고 오로지 옆에서 지켜본 것만을 토대로 한다는 점이다.

다시, 시작

스크립트가 늦게 온다

촬영 기간 매일 아침 전날 촬영되어 도착한 자료들을 정리할 때 '혹시 찍었는데 빠져서 안 온 건 없나?' 하는 질문을 항상 스스로에게 해야 한다. 이때 가장 먼저 확인하는 건 사람마다 다를 수 있겠지만, 나는 언제나 스크립트 슈퍼바이저 노트를 가장 먼저 확인했다. 여기에 잘못된 부분이 보이면 카메라 리포트와 사운드 리포트를 확인한다. 이게 확인되기 전까진 오늘 받은 자료가 전부인지, 빠진 건 없는지, 이름은 맞게 되어 있는 건지 확신할 수 없는 것이다.

편집에 들어간다. 여러 테이크가 쓰였다. 이 중 어떤 테이크가 감독의 의도를 가장 잘 반영했을까 하는 질문이 떠오를 때가 있다. 이때 확인할 것이 바로 스크립트 슈퍼바이저 노트다. 테이크 3을 감독이 가장 좋아했다고 표시되어 있다. 그런데 계속 읽어 보니 대사 마지막 부분은 테이크 2에서의 연기를 가장 선호한다고 되어 있다. 편집을 하면서 이 부분을 머리에 담아 둔다. 이렇게 스크립트는 현장에서 어떤 일이 있었는지, 감독이 어떤 의도를 가지고 있었는지 등을 알려 주는 중요한 역할을 한다.

"스크립터가 아직 정리 중이라 내일 온대요."

어떤 작품을 편집하는 동안 함께 일하는 어시스턴트 에디터와 매일 아침 나눴다고 해도 크게 과장이 아닌 대화다. 전날의 촬영 분량과 함께 편집실로 넘어와야 하는 스크립트가 아직 오지 않았고, 오후 늦게 심지어는 다음 날 올 수도 있다는 말을 들었을 때 처음 두어 번은 그럴 수도 있지 하고 별로 놀라지 않았다. 미국에서도 몇 차례 겪었던 일이다.

다시, 시작

〈로즈웰, 뉴 멕시코〉라는 작품을 하며 오랜만에 수기로 된 스크립트 슈퍼바이저 리포트Script Supervisor Report(우리나라식으로 스크립트라고 할 수 있지만 구별을 위해서 미국에서 쓰는 용어 그대로 쓴다)를 보았을 때 수기라는 사실에 한 번, 너무나도 깔끔하게 쓰인 글씨에 또 한 번 놀랐다. 미국엔 스크립트 슈퍼바이저 노트를 위한 전용 프로그램이 있어서 이것으로 작업하는 게 일반적이라 손으로 쓴 리포트는 보기 쉽지 않다. 바쁜 촬영 현장에서 글씨를 이렇게 또박또박 쓴다는 게 신기했는데, 후에 다른 이를 통해 이 스크립트 슈퍼바이저는 매일 촬영이 끝나면 숙소에서 혼자 촬영 중에 자신이 쓴 리포트를 다시 또박또박한 글씨로 보기 좋게 정리한 후 우리에게 보낸다는 사실을 들었다.

촬영 후 다음 날 새벽, 데이터가 편집실에 보내질 때까지 따로 시간을 내어 다시 한번 정리하는 건 꽤 수고로운 일이다. 대부분의 다른 촬영 스태프들이 쉴 때 혼자 늦게까지 계속 일해야 하니 즐거운 일일 리가 없다. 새벽까지 촬영이 있는 날도 그는 반드시 이 작업을 끝내는 일을 거르지 않았다. 대단한 건 촬영이 계속된 넉 달 동안 스크립트 리포트가 한 번도 늦지 않게 왔다는 것이다. 미국은 한국보다 촬영 시간이 적으니 그럴 수 있다고 생각할 수 있다. 촬영 현장이 쉼 없이 며칠 동안 계속 돌아가던 때라면 그렇지만, 이제 대부분 한국에서의 촬영 현장은 주 52시간으로 바뀌고 있다. 미국은 주 60시간 촬영이 기본이니 상황이 역전되었다고 할 수 있다.

여기서 잠깐 다른 이야기를 하자면, 주 52시간 촬영인 한국은 스케줄이 쉼 없이 바뀌고 주중과 주말 구분 없이 촬영이 이어진다. 반면, 미국은 월요일부터 금요일까지 5일간 하루 12시간씩 촬영하고 주말에 쉬는 게 일반적이다. 촬영이 시작될 때 앞으로 몇 달간의 모든 촬영 스케줄이 나온다. 물론 촬영이 진행되면서 이런저런 변수에 따라 스케줄 변동은 있다. 하지만 그 변동의 폭은 대체로 크게 신경 쓸 만큼은 아니다. 한국도 좀 더 규칙적인 스케줄로 촬영이 이뤄진다면 일하는 스태프들이 더욱 즐거울 수 있지 않을까?

어차피 촬영 현장에 대해선 전문가만큼 알지 못하니 다시 스크립트 이야기로 돌아가자.

다시, 시작

촬영하는 동안 전날 촬영한 것을 다음 날 어느 정도라도 편집해 나가는 건 촉박한 일정 속에서 꽤 중요하다. 미국이나 한국이나 마찬가지다. 스크립트는 편집을 하는 데 필수적이다. 또 에디터가 편집할 수 있도록 어시스턴트 에디터가 프로젝트를 준비해 주는데 스크립트는 없어서는 안 될 문서다. 스크립트가 없으면 정리가 불가능하다고 봐야 한다. 그런데 어제 촬영한 스크립트가 오늘 오지 않고 내일 온다고 가정해 보자. 편집실에서는 모든 업무가 하루씩 밀린다. 그리고 이런 일이 반복되면 밀린 업무들이 계속 쌓이게 된다. 결국 편집실에서 일하는 사람들에게 시간 낭비가 되는 셈이다.

미국에서도 이런 일이 있었다. 스크립트가 늦게 와서 포스트 프로덕션 어시스턴트를 통해 프로덕션 쪽에 문의했다. 자세한 이유는 기억나지 않지만 라인 프로듀서가 스크립트 슈퍼바이저와 얘기해서 또 늦지 않게 하겠다는 답변을 받았다. 그 후 얼마 지나지 않아 또다시 리포트가 늦게 온다는 연락을 받았다. 아마도 이렇게 늦는 일이 서너 번 정도 반복되었던 듯하다. 결국 이는 포스트 프로덕션 프로듀서를 통해 현장 프로듀서들에게 정식으로 이야기가 들어가기에 이르렀다. 일이 커진 것인데, 이게 자연스러운 모습이었다. 한두 번이면 모르겠지만 이런 일이 계속 반복되면 전체 후반 작업에 문제가 생기기 때문이다.

한국에서 스크립터라 부르는 스크립트 슈퍼바이저는 촬영 현장과 편집실을 잇는 아주 중요한 다리 역할을 한다. 〈제인 더 버진〉에서 일할 때다. 시즌 촬영이 중반 정도에 이르렀을 때 스크립트 슈퍼바이저가 편집실에 찾아왔다. 모든 편집실 인원과 함께 이야기하기 위해서였다.

"그동안 제가 보내드린 리포트에서 혹시 개선하거나 더하고 싶으신 부분이 있나요? 제 리포트가 편집실에서 중요하게 이용되니까 최대한 여러분들의 요구에 맞게 작성하고 싶어요."
"굳이 이런 건 필요 없는데 하는 건 없나요?"

우리는 이런저런 의견들을 내었고, 그는 진심으로 이 의견들을 꼼꼼하게 받아들였다. 그리고 모두 그에게 고맙다는 말을 빠뜨리지 않았다. 이런 일은 결코 흔히 겪을 수 있는 일이 아니다. 이 스크립트 슈퍼바이저는 진심으로 자기의 리포트가 편집실과 촬영장을 잇는 중요한 역할을 한다는 것을 이해하고, 이를 최대한 돕고 싶은 것이었다.

한국에 돌아와 스크립트가 늦는 일을 너무나도 많이 겪었다. 직접 물어보진 않았지만 주변 반응을 살펴보니 이런 일이 그리 특수한 상황이 아니었다. 한두 번이야 그럴 수 있지만 촬영 기간 내내 계속 이런 일이 반복된다면, 한 작품이 아니라 많은 작품에서 이런 일이 빈번하게 발생한다면 그건 무슨 이유일까? 단순히 스크립터 개인의 문제가 아니라, 구조적으로 문제가 있는 게 아닐까? 전문 스크립터가 갈수록 사라지고 있다고 하는데 어쩌면 그래서일까?

멈출 때를 아는 사람의 뒷모습은 아름답다

"며칠만 시간이 더 있으면 시험 잘 볼 수 있을 텐데."

학교 다닐 때 한 번쯤은 이런 생각을 해 본 사람이 많을 것이다. 이틀만, 하루만, 아니 딱 1시간만 시간이 더 주어지면 아직 외우지 못한 부분까지 잘 외우고 시험 볼 수 있을 텐데. 시험지를 받는 순간 10분만 더 있으면 좋겠다, 책 몇 쪽만 더 읽고 시험을 보면 점수가 더 잘 나올 텐데 하고 말이다. 하지만, 정말 그랬을까? 그 순간 선생님이 기적적으로 "자, 시간 더 줄 테니 얼른 책 한

번씩 더 훑어봐라."라고 했다면 내 성적은 훨씬 좋아졌을까? 적어도 나는 그렇지 않았을 것 같다. 난 언제 시험을 보니 언제까지 공부해야 한다는 그런 시간적인 제약을 오히려 감사하는 쪽의 학생이었다. '뭐가 됐든 그때까지만 공부하면 되고, 시험은 어쨌든 끝날 거고, 그러고 나면 결과가 나올 테지'라고 생각했다. 만일 내가 스스로 준비가 되었다고 생각할 때 시험을 보게 하는 방식이었다면 시험에 대한 스트레스는 더 커지고, 성적은 더 좋지 않았을 것이다. 매일 '이 정도면 됐겠지, 아냐 하루만 더 공부하자'를 반복했을 게 뻔하다. 행여 성적이 좋았다 하더라도 정신 건강엔 좋지 않았을 게 틀림없다.

중학생 때였던 것으로 짐작한다. 지금까지도 내 마음을 울리는 영화인 〈시네마 천국〉을 처음 만난 게 아마도 그때쯤이었다. 토토와 엘레나의 애절한 사랑을 배경으로 연주되는 곡은 너무나도 슬프면서 아름다웠다. 테이프를 사서 음악을 듣고 또 듣고… 수도 없이 들었다. 이 글을 쓰는 지금도 머릿속에서 생생히 연주된다. 비슷한 시기에 인기를 끌었던 무한궤도의 앨범 중 〈여름 이야기〉라는 곡과 함께 첫사랑 생각에 허덕이던 사춘기 시절이었다.

테이프가 늘어지다 못해 CD에 자리를 빼앗긴 지도 한참 지난 대학생 때였던가? 개봉 당시 삭제되었던 일부를 복구한 감독판이 개봉했다. 토토와 엘레나의 사랑 이야기를 다른 모습으로 바꿔 버린 감독판은 아름다웠던 자신의 영화를 감독 스스로 망쳐 놓은 것으로밖에 보이지 않았다. 어떻게 바꿨는지에 대한 이야기는 아끼겠다. 궁금한 독자는 직접 찾아보시길, 아니, 보지 않길 권한다. 실망할 확률, 가슴 속에 아련하고 아름답게 남아 있는 그 감정이 다칠 확률 100%다. 아무튼, 난 그때 확실히 깨달았다. 감독판이 꼭 좋은 건 아니라는 걸.

영화와 TV 드라마는 '산업'이라는 프레임 안에서 작동한다. 다른 문화 분야도 마찬가지겠지만, 영화와 드라마는 문학이나 미술 등의 분야와 비교해 투입되는 자본의 규모가 막대하기 때문에 그러한 특징이 더 크게 느껴진다. 차이는 비단 돈뿐만이 아니다. 작품 하나에 들어가는 인력의 수 또한 차이가 크다. 한 편의 상업 영화에 수백 명이 참여하기도 한다. 한 편을 위해 돈과 인력이 많이 투자되다 보니 작품이 만들어지는 과정에 이야기 자체의 문제가 아닌 외부적인 제약이 작용한다. 언제까지 결과물을 만들어야 한다는 시간의 데드라인, 혹은 무시할 수 없는 돈을 주는 투자자의 의견 등이다. 관객인 우리가 극장이나 TV 화면으로 만나는 영화와 드라마는 이런 수많은 제약의 조율을 거치고 태어났다.

> "편집이란 게 계속할수록 좋아지는 건데 말이야. 왜 이렇게 자꾸 언제까지 끝내라고 그러는 건지 이해를 못하겠어."

정해진 편집 픽처 락까지 일주일 정도 남은 어느 날. 제작자는 감독에게 작품의 납품 일정 때문에 날짜를 꼭 지켜 줄 것을 다시 한번 당부했다. 편집이 끝난 후 이어질 VFX, 음악, 믹싱 작업 등을 고려하면 편집을 그날까지 끝마쳐야 했다. 연락을 받은 감독은 내게 불평을 늘어놓았다. 편집이란 건 오래 할수록 좋아지는데, 왜 주변에서는 다들 언제까지 끝내라고만 하는 건지 이해할 수 없다며 볼멘소리를 했다. 좋은 작품을 만들 생각이 있다면 오히려 그들이 나서서 시간을 더 주려고 노력해야 하는 게 아니냐고도 했다. 맞는 말이다. 좋은 작품

(여기서 '좋은'은 작품성과 흥행성 둘 중 어느 하나라도 잡는 걸 의미한다)을 만드는 게 목적이니까 제작자는 감독이 시간을 가지고 에디터와 함께 매만질 수 있도록 해야 하는 건 당연하다. 하지만 정말 오래 붙잡고 하면 할수록 작품이 좋아질지, 시간이 작품의 질을 보장할 수 있을지는 확실치 않다.

과유불급이라고 했다. 동료들과 '언제 멈추어야 하는지 아는 게 중요하다'는 말을 나누곤 했다. 핵심은 일을 오래 하는 게 아니라 얼마나 효율적으로 하는가다. 내게 하루의 시간이 더 주어졌다면 시험을 더 잘 봤을까? 그럴 수 있지만, 아닐 수도 있다. 《JOBS 잡스 - ARCHITECT 건축가》에는 이런 말이 나온다.

"무슨 일이든 제약이 따라야 고유의 매력을 갖게 된다는 걸 이해하는 게 중요합니다. 긍정적 태도로 제약을 대해야 하죠. 저 역시 지금까지 일하면서 그런 제약을 통해 좋은 결과를 만들어 왔습니다."
- 매거진 B 편집부, 《JOBS 잡스 - ARCHITECT 건축가》,
REFERENCE by B(2020)

다시, 시작

이런 거 시켜도 되나?

저녁 편집실엔 나를 포함한 세 명의 에디터만이 자리를 지키고 있었다. 어시스턴트 에디터들은 모두 퇴근한 지 꽤 오래다. 슬슬 배고파지기 시작하자 셋은 뭘 먹을지 고민하다 간단히 먹자며 근처 분식집으로 향한다. 저녁 을 먹기 위해 나온 셋. 좁은 분식집 안에 자리 잡고 앉아 떡볶이에 어묵을 먹으며 이런저런 이야기를 하던 중 내 가 이야기를 꺼낸다.

"제가 한국에서는 어시스턴트 에디터 일을 해 본 적

이 없잖아요? 그래서 어시한테 어디까지 시키는 게 맞는지, 이런 걸 시켜도 되는지 잘 모르겠더라고요. 그래서 그냥 제가 해 버리기도 하고….”

왠지 조심스러워서 할까 말까 망설이던 이야기를 꺼낸다. 내 얘기를 듣던 한 명이 단호하게 답한다.

“그냥 지시하셔도 돼요.”

한국에 돌아와 일하며 어시스턴트 에디터에게 어떤 일을 어느 정도까지 시켜도 되는지 정확히 판단이 서지 않곤 한다. 처음엔 이게 아마 사람들이 말하는 ‘한국 시스템에 적응해야 한다’는 말에 해당하는 건가 싶었다. 다른 시스템마다 그 시스템에서 돌아가는 워크플로에 맞는 각자 위치에서의 담당 업무 내용이 다를 수 있으니 그걸 내가 몰라서 생기는 어려움이라 생각했다. 한국에서 10여 년 일한 경험이 있어도 어시스턴트 에디터로 일해 본 적은 없었기 때문에 더욱 그랬다. 이제 와 곰곰이 생각하면 그 문제가 아닌가 싶기도 하다.

에디터, 혹은 편집감독을 옆에서 도우며 함께 일하

는 사람을 한국은 '편집보조'라 부르고 미국은 '어시스턴트 에디터'라 부른다. 한국은 이름에서 '보조'에 방점을 두고, 미국은 '에디터'에 방점을 두는 모습이다. 단순히 한국어와 영어의 차이라고 치부할 수 없다. 실제로 업무 현장에서 그들을 그렇게 대한다. 남들이 그렇게 대하니 본인도 그게 편하다. 악순환이다.

남들이 나를 보조로 대하더라도 스스로를 단순한 보조로 낮추지 않으면 되는 것 아니냐고 질문할 수 있다. 남들이 나를 어떻게 대하든 내가 스스로 길을 찾을 수 있다. 내 가치는 내가 스스로 정한다고도 하니까. 그런데 그게 생각보다 단순하지 않다. 한국 편집보조는 일이 참 많다. 정확히 말하자면 '보조' 일만 많다. 일의 양으로 따지자면 미국 어시스턴트 에디터가 일을 더 많이 한다(혹시 이 글을 읽을지도 모를 한국의 편집보조분들은 흥분을 가라앉히기를 바란다). 한국의 편집보조는 다른 일을 하고 싶어도 못 한다. 편집 쪽에 더 신경을 쓰고 싶어도 못 한다는 말이다. 이는 편집보조의 문제가 아니다. 한국의 많은 편집감독들이 한꺼번에 너무 많은 작품을 진행하기 때문에 생기는 문제다(이것도 편집감독이 그러고 싶어서 그러는 게 아니다. 얽히고 얽힌 돈의 문제다). 많은 작품을 동시에 진행하려니 편집보조가 보조 일만 해도 벅차다. 이런 환경에서 편집보조가 사운드 편집에 참여하고, 신을 몇 개씩 나눠 받아 이를 편집하며 실력을 늘리고 할 여력이 없다. 결국 성장은 꿈도 못 꾸고 뒤치다꺼리만 하며 시간을 보내기 일쑤다. 이런 부분을 잘 컨트롤하면서 편집보조들이 성장할 수 있게 하는 사려 깊은 편집감독을 만난다면 좋겠지만 쉬운 일이 아니다. 이런 식으로 관행이 자리 잡는다. 그냥 그렇게 했으니 그렇게 하고, 편하니까 그렇게 한다.

전날 촬영된 분량이 밤사이 데일리스 하우스를 거쳐 다음 날 아침 편집실에 도착한다. 어시스턴트 에디터는 이를 취합하여 프로젝트에 넣고, 각종 리포트와 대조하여 에디터가 일하기 좋게 그가 원하는 방식으로 정리하여 넘긴다. 에디터는 전날 촬영된 분량은 오늘 모두 소화하는 것을 목표로 편집을 시작한다. 한 신 한 신 끝날 때면 에디터는 이를 다시 어시스턴트에게 넘기고, 어시스턴트 에디터는 기본적인 사운드 작업이나 간단한 VFX 작업을 한다. 사운드 작업은 프로덕션 사운드Production sound, 즉 촬영 당시 녹음되어 넘어온 사운드를 잘 다

듣는 작업과 필요한 효과음을 찾아 알맞게 편집해 넣는 작업이다. 이 작업이 끝나면 어시스턴트 에디터는 이를 다시 에디터에게 넘긴다. 에디터는 이를 다듬은 후 필요하다면 수정, 보완해야 할 점을 어시스턴트 에디터에게 전달한다. 이 작업이 작품이 끝날 때까지 계속된다. 에디터스 컷이 끝나고 감독과 작가, 프로듀서들이 편집에 참여하는 단계가 되면 약간의 변화가 있다. 하지만 에디터와 어시스턴트 에디터가 함께 편집을 다듬어 가는 기본적인 워크플로는 변하지 않는다. 이게 미국에서 드라마를 편집할 때 에디터와 어시스턴트 에디터가 일하는 기본적인 형태다. 한국에서도 동일한 방식으로 작업을 진행한다면 다행이다. 그렇게 일하는 팀을 내가 아직 보지 못한 것뿐일 테다.

우리는 '감독 보조'가 아니라 '조감독'이라 부른다. '촬영감독 보조'가 아니라 '퍼스트First' 혹은 '세컨드Second'라고 부른다. 일찍이 김춘수 시인이 그랬다. "내가 그의 이름을 불러 주었을 때, / 그는 나에게로 와서 꽃이 되었다."라고. 호칭보다는 실제로 하는 일이 중요하긴 하지만 변화의 첫발로 호칭을 바꾸는 것도 생각해 볼 일이다.

"원래 다들 하던 거고, 또 시키던 건데 갈수록 변해서 안 하는 거예요. 근데 필요하면 시켜도 되는 거예요."

내친김에 이것저것 계속 물어본다. 그래, 내가 그냥 지레 겁먹은 걸 거야.

카톡 말고 이메일요

10여 년 만에 한국에 돌아와 보니 참 많은 게 변해 있다. 그중에서도 크게 체감하는 것 중 하나가 정말 많은 일을 핸드폰 앱으로 처리하는 모습이다. 미국으로 떠나기 전만 해도 핸드폰이 이 정도로 생활의 큰 부분을 차지하진 않았다. 대부분 지하철에서는 신문을 읽거나 책을 읽었다. 지금은 지하철에서 핸드폰을 보고 있지 않은 사람을 찾기 힘들다. 앱으로 은행 업무를 보고, 앱으로 아이들의 학교 소식을 안다. 이래서 외국에서 살다 한국에 돌아오면 용량이 큰 핸드폰으로 바꿔야 한다고들 하는가

보다. 나와 아내는 아직 미국에서 쓰던 용량이 작은 핸드폰을 어찌어찌 쓰고 있지만 그 많은 앱을 다운받으려면 웬만해선 어림도 없다.

이렇게 핸드폰 화면을 가득 채운 수많은 앱 중에서도 가장 활용도가 큰 건 아마 메신저 앱이다. 미국에선 아내와 메시지를 주고받거나 한국에 있는 가족과 소식을 전하는 정도로만 쓰던 '카카오톡'. 그런데 한국에 돌아오니 그저 지인끼리 대화를 나누는 정도로 쓰이는 게 아니다. 업무적으로 다소 공적인 내용을 문의하고 대답하는 것도 이메일이 아닌 카톡으로 간단하게 물어온다. "이봐요. 난 당신 친구가 아니라고."라는 말이 나오려는 걸 간신히 참곤 한다. 심지어는 실물 계약서에 사인하기 전, 확인용이긴 하지만 계약서처럼 중요한 문서까지도 카톡으로 보내는 경우가 종종 있다.

촬영이 진행되는 기간엔 감독이 편집실에 들르기가 쉽지 않다. 촬영 장소가 편집실에서 멀 수도 있고, 촬영하느라 너무 바쁠 수도 있다. 게다가 촬영 기간엔 촬영에 집중하는 게 좋다. 하지만 그렇다고 편집에 아예 신경을 쓰지 않을 수도 없다. 결국 촬영 중 종종 편집본을 보내 감독이 편집실에 오지 않아도 편집이 어떻게 진행되고 있는지 확인할 수 있도록 돕는다. 며칠 전에도 편집본을 감독에게 보냈다. 오늘 아침 감독으로부터 몇 가지 의견이 어시스턴트 에디터에게 전달되었고, 그는 그 내용을 다시 내게 카톡으로 보내 주었다. 아마 감독이 카톡으로 노트를 전달했고, 그는 내게 그대로 카톡으로 포워딩해 준 것일 테다. 곧장 방문을 열고 그에게 이메일로 다시 보내 주거나 프린트해 달라고 요청했다. 집에 돌아와 아내에게 얘기하니 핀잔이 돌아온다.

"꼰대야, 꼰대! 그러지 마."

조그만 핸드폰 화면으로 문서를 확인하며 작업하는 게 불편해서 요청한 건데 꼰대라니. 내가 꼰대가 되지 않으려고 얼마나 노력하는데…. 내 나이에 이 정도로 낡은 사고방식에 물들지 않았으니 '꼰대'라는 카테고리에서 무난히 제외될 것이라 자부했는데 말이다. 물론 아직 컴퓨터 화면으로 글을 읽는 것보다는 종이 위의 글을 읽는 게 더 편하다. 눈에도 머리에도 더 잘 들어온다. 심지어 이 글도 지금 종이에 펜으로 먼저 쓰고 있다. 일할 때도 마찬가지다. 종이에 프린트하여 하나씩 체크해 가면서 일할 때 내용이 머릿속에서 잘 정리되는 것은 물론이고 빠진 것 없이 꼼꼼히 처리하기도 쉽다. 다만 환경보호 문제가 갈수록 중요해지는 지금 종이 소비를 줄이기 위해 프린트를 하는 대신 컴퓨터 화면에 띄워 놓고 작업하는 것도 괜찮다. 그렇게 하면 카톡으로 확인하는 것과 뭐가 다르냐고 물을 수도 있겠다. 카톡은 조그마한 전화기 화면으로 확인해야 하지만, 이메일로 받으면 커다란 컴퓨터 화면으로 볼 수 있다는 게 차이다. 카톡으로 보내도 컴퓨터 화면으로 크게 볼 수 있는 방법이 있다는 걸 알지만 익숙지 않은 방식이라 어렵다. 그냥 이메일이 편하지 않은가 하는 생각과 동시에 이래서 꼰대 소리를 들었나 싶다.

　　오늘도 감독이 카톡으로 노트를 전해 준다. 이번엔 어시스턴트 에디터를 통해서가 아니라 내게 직접. 한 번에 길게 보내는 게 아니라 여러 번에 걸쳐 보내는 걸 보니 아마 편집본을 확인하면서 그때그때 실시간으로 보내 주는가 보다. 한참을 고민한다. 이대로 핸드폰으로 노트를 보며 작업할까? 아니면 메시지를 복사해 핸드폰

에서 이메일로 내게 보낸 후, 다시 컴퓨터에서 이 이메
일을 열어서 프린트할까? 혹시 이래서 다들 아이패드를
사나? 요샌 아이패드가 얼마지?

그림자놀이

섀도잉Shadowing이라고 들어 봤는가? 내가 어떤 일을 배우고 싶을 때 그 일을 이미 하고 있는 누군가의 일하는 모습을 옆에서 일대일로 지켜볼 수 있다면 어떨까? 마치 그림자처럼 옆에 붙어서 말이다. 그러는 동안 이런저런 질문도 하며 이야기를 나누고, 그와 함께 일하는 다른 사람들과 인사 나눌 수 있다면? 어떤 대단한 지식을 배우거나 당장 능력이 대단하게 업그레이드되는 기회는 아닐지라도, 꽤 큰 자극이 되고 도움이 되지 않을까? 이게 바로 섀도잉이다. 미국에서 일하면서 이를 심심찮게 목격할 수 있었다.

아직 학교를 졸업하기 전 〈홈랜드〉를 편집 중이던 테리를 찾아가 이 섀도잉을 경험할 수 있었다. 바쁜 모습이 역력했지만, 그는 1시간 동안 나를 옆에 세워 두는 걸 개의치 않았다('세워 두었다'는 표현에 오해가 없길. 테리는 의자에 앉지 않고 스탠딩 데스크에서 서서 작업했다). 1시간 내내 그는 내게 질문을 하기도 하고, 때로는 내 질문에 대답하며 편집을 이어 나갔다. 편집실을 나서기 전 그곳에서 일하는 동료 에디터들과 어시스턴트 에디터, 그리고 그 외 편집팀에 있는 모두에게 나를 인사시키는 것도 잊지 않았다.

시간이 지나 내 길도 어느 정도 안정되어 가고 있을 때쯤 AFI 후배라며 누군가 내게 연락을 해 왔다. 본인은 아직 재학 중인데 나를 만나고 싶다는 내용이었다. 나는 가까운 일정 중 그다지 바쁘지 않은 날을 골라 내가 일하던 편집실로 찾아오라고 했다. 편집실에 찾아온 그를 동료들에게 소개해 주었고, 그날 그에게 이런저런 이야기를 들려주었다. 내가 그간 그 입장에서 다른 사람들에게 받아온 것을 조금이라도 돌려줄 수 있다는 보람을 느낄 기회였다.

미국에서 일하며 에디터들이 이렇게 서로 돕고자 하는 노력을 쉽게 목격했다. 물론 스티븐 스필버그나 드니 빌뇌브Denis Villeneuve[*] 같은 감독과 일할 기회라면 서로 돕고 뭐고 없이 치열하게 경쟁하겠지만, 기본적으로 서로 돕는다는 인식이 밑바탕에 깔려 있다. '말로만 형식적으로 그러는 것 아니냐'고 의심할 수 있다. 개중엔 말로만 그러는 사람도 당연히 있다. 어디 세상 모든 사람이 다 착하던가. 그렇기 때문에 서로 돕고 응원하는 미국 에디터들의 모습이 더욱 인상 깊었다. 아무 연고도 없는 미국에서 처음 일을 시작할 때, 나에게 조건 없이 도움을 주던 수많은 사람이 없었다면 어땠을지 상상만 해도 아찔하다.

한국에서 일하며 아는 선배가 운영하는 편집실에 학생들이 단체로 찾아오는 모습을 가끔 볼 수 있었다. 그들이 와서 하는 거라곤 편집실을 돌아다니며 인사를 하고 선배와 이야기를 나누는 정도였다. 별것 아니라고 생각할 수 있지만 이제 이곳의 문을 열고 발을 넣으려

●   영화감독, 〈듄〉〈블레이드러너 2049〉〈시카리오〉 등

노력하는 그들에겐 꽤 큰 자극이 될 수 있다. 이런 단체 산업체 견학이 아닌 일대일 형식의 섀도잉이라면 더욱 좋다. 에디터 입장에선 다소 부담스러울 수 있지만, 생각을 조금만 열면 그리 어렵지도 않은 일이다. 또한 섀도잉까지는 아니더라도 미국에서 일하다 보면 종종 후배들이 선배를 찾아와 가볍게 인사하고 이야기 나누다 가는 일을 볼 수 있다.

나 역시 커리어 초기는 물론이고 일하는 내내 그야말로 셀 수 없이 많은 에디터에게 이메일을 보내고, 그들의 편집실 문을 두드리며 돌아다녔다. 차를 몰고 1시간을 달려 산타모니카의 어느 카페에서 아침 일찍 커피를 마시기도 했고, 점심시간에 찾아가 편집실 앞 샌드위치 가게에서 식사하며 이야기를 나누기도 했다. 10분도 좋고, 30분도 좋았다. 그냥 그들을 만나 얼굴을 내보이며 인사하는 게 목적이었다. 한국에서 섀도잉이나 단체 견학이 부담스럽다면, 이렇게 잠깐의 시간을 내어 이야기를 나누는 것도 생각해 볼 수 있다. 그 30분이 이제 이 길을 시작하려는 사람에겐 무척 큰 순간일 수 있다. 이는 결국 테이블 양쪽 모두에게 도움이 된다.

"텃세가 심한 데 오셨네요."

제법 이름 있는 제작자와 마주 앉아 처음 인사를 나눌 때였다. 미국에서 일을 하다 돌아왔다고 하니 그의 입에서 대번 이런 말이 튀어나왔다. 순간 가슴이 내려앉았다. 알고 있지만 애써 외면하고 있던 진실을 좁은 복도 코너를 돌자마자 피할 도리 없이 마주치는 순간이랄까? '텃세가 심하다'고까지 할 수 있을진 모르지만, 한국에선 에디터들이 적극적으로 서로 돕는 모습을 보기 힘들다. 그리고 그런 동료애를 나눌 기회를 찾는 것조차 쉽지 않다.

개인이 제대로 하기 힘들 때 하나의 장을 만들어 모두에게 서로 만나 이야기하고 소통할 기회를 줄 수도 있다. 그런 노력의 하나로 미국에선 매년 에딧페스트와 IAVA Invisible Art Visible Artists 같은 행사가 열린다.

에딧페스트는 에디터 등 포스트 프로덕션에서 일하는 동료들 간에 서로의 정보를 교환하고, 서로의 경험을 나누자는 취지를 가지고, 2008년 ACE American Cinema Editors의 주최로 시작되었다. 미국 L.A에서 시작된 이 축제는 현재 영국 런던에서도 개최되고 있다. 축제는 기본적으로 패널들이 참여한 여러 다른 주제를 중심으로 한 대담들이 이어지는 형태다. 그리고 이 대담들을 중심으로 칵테일파티, 대담 후 자유스러운 대화, 함께하는 점심 식사 등 대담의 패널과 다른 참여자들이 서로 자유롭게 이야기를 나눌 수 있는 장이 마련된다. 영화학교 학생부터 수십 년 경력의 에디터까지 일반 관객으로, 또 패널로 참여하기 위해 이곳에 모여든다. 이곳에서 그들은 서로를 격려하고, 서로의 경험을 듣고, 정보를 나눈다. 오프라인으로만 진행되던 행사가 이젠 코로나의 영향으로 온라인으로도 함께 진행되기 때문에 세계 어디서든 참석할 수 있다. 그 덕에 한국에 있는 나도 계속 참석하는 게 가능했다.

ACE가 주최하는 이벤트에는 IAVA라는 행사도 있다. 이 행사는 매년 아카데미 시상식 전날 열리는데, 아카데미 편집상 후보에 오른 에디터들이 무대에 올라 모더레이터와 함께 얘기를 나누는 시간이다. 나는 이 행사가 아카데미보다 더 관심이 간다. 행사 입장은 무료이고 선착순 입장이 원칙이다. 그러다 보니 보통 10~11시 사이에 시작하는 이 행사에 입장하기 위해 수많은 사람이 서너 시간 전부터 도로까지 죽 늘어서는데, 제한된 좌석

수로 인해 많은 사람이 발길을 돌려야 하는 광경이 매년 연출된다. 행사가 끝나면 참석했던 에디터들과 관객들이 행사장 주변 여기저기에서 대화를 나누는 모습이 보이기도 한다.

한국에서도 에딧페스트나 IAVA와 같은 행사가 열린다면 참 좋겠다. 하지만 조합도, ACE와 같은 단체도 없는 한국에서 이런 행사가 열릴 가능성이란 희박하다. 한국은 조합이 없다. 한때 조합을 만들고자 동분서주했던 어느 에디터의 말을 들어보니 공감대를 끌어내기가 꽤 힘들었던 모양이다. 서로를 경쟁 대상으로 인식하다 보니 동료애보다는 각자도생이 중시된다. 동료들을 돕고 함께 발전하며 즐겁게 일하자는 의도에 손을 보태지 못하는 데엔 모두가 자기만의 이유가 있을 터이다. 비난하지 말고 이해해야 한다. 하지만 결국 모두에게 마이너스인 건 아닐까? 이런 문제점을 인식하고 주변의 믿을 만한 에디터 동료들과 일종의 크루처럼 하나의 공간에서 서로 돕는 형태를 시작하는 모습도 볼 수 있다. 조합이 없는 한국의 현실에서 분명 긍정적인 노력이다. 이제 시작하는 단계라 성과를 논하기는 아직 이르다. 이런 노력이 발판이 되어 산업 전체에 좋은 변화가 생긴다면 좋겠다. 그 테두리 안에서 서로 돕고(크리에이티브적인 면으로든 비즈니스적인 면으로든), 경력이 있는 선배는 경력이 조금 부족한 후배들을 이끌어 줄 수 있다. 어쩌면 이제 이곳에 발을 담그려고 주변에서 맴도는 사람들에게 용기를 주고 희망을 주는 기회를 줄 수도 있다. 마치 내가 미국에서 선배들의 편집실을 찾아가 섀도잉하고 이야기를 들을 수 있었던 것처럼. 국민 MC 유재석이 노래로 우리에게 알려 주지 않던가. 말하는 대로 된다고.

'연락드릴게요'는 그냥 하는 말

"네, 바쁘신데 통화 감사합니다. 말씀해 주신 것들 감사하고요, 저희가 내부적으로 회의하고 다시 연락드릴게요. 늦어도 다음 주에는 연락드릴게요. 감사합니다."

새 작품에 대해 간단히 전화로 이야기를 나누고 피디가 다시 연락하겠다는 말과 함께 전화를 끊는다. 한두 주 후면 가타부타 답이 있으리라는 생각으로 일주일이 지난다. 2주가 지난다. 그리고 한 달이 지난다. 그는 연락이 없다. '뭐지? 또?'라는 생각이 머릿속에 떠오른다. 내가 연락해서 확인할까 싶기도 하다가 이내 마음을 접는다. 그랬다간 '나 좀 꼭 써 주세요' 하고 볼썽사납게 매달리는 것 같이 보일까 싶어서다. 남의 호주머니에서 돈 빼는 게 가장 어려운 일이고, 가장으로서 돈 버는 게 중요하니 자존심 같은 건 버리자고 다짐한 지는 오래되었다. 자존심이 밥 먹여 주더냐. 하지만 이 정도 자존심은 지키고 싶은 마음이다. 나 싫다는 작품 바지 밑단 붙잡고 매달리지 말고 그냥 쿨하게 보내 주는 그 정도 말이다. 나중에 그 작품이 잘되어서 여기저기 기사가 나더라도 절대 안 보면 될 일이다. 그래, 내가 그렇게 통 큰 사람은 못 된다. 위인전에 실리기엔 글렀다.

코로나 탓에 온라인 교육 시장이 많이 성장했다고 느껴진다(정확한 통계는 모르지만, 소비자 입장에선 그렇다). 그중에서도 아마 가장 잘나가는 사이트 중 한 곳으로부터 내 경험을 바탕으로 클래스를 만들어 보자는 연락을 받았다. 이걸 책으로 쓰거나 하루 특강 정도로 구현하는 건 가능하다고 생각하지만 온라인 클래스로도 가능할지 확신이 없었다. 하지만 담당자는 너무 좋은 콘텐츠로 좋은 클래스가 가능하다며 나를 설득했다. 몇 차례 화상 회의와 이메일을 통해 의견을 교환했고, 매니저는 어떤 식으로 클래스를 제작하고 어떻게 수익이 배분되는지 등등에 관해 자세히 이야기해 주었다. 급기야 매니저의 도움으로 커리큘럼 초안을 작성했다. 매니저는 일단 작성된 커리큘럼 초안을 바탕으로 어떤 방식의 클래스를 제작할지(이곳은 제작 방식을 네 가지로 구분하고 있다) 회사에서 내부적으로 회의한 후 다시 연락을 주겠다고 했다. 그리고서 한 달이 지났다. '어떻게 되었나요?'라며 연락했다. 아무런 연락이 없다. 이 일도 어느새 반년이 훌쩍 지났다. '뭐지? 본인이 먼저 제안하고 커리큘럼까지 만들더니 아무런 연락이 안 되네?' 짜증도 나고 화도 났다. 어차피 좀 귀찮기도 하고, 돈 내고 들을 수강생들에게 좀 부끄러울 듯하여(이걸 비싼 돈까지 주고 들을 필요는 없다고 말해야 할 듯했다) 그냥 잊기로 했다.

두 경우 모두 그냥 그러려니 하고 잊기로 했지만, 은근히 부아가 치밀어 오르는 건 어쩔 수 없다. '아니, 이건 예의가 아니지 않아? 한 번에 몰려든 수백 명의 입사 지원자가 있는 것도 아니고, 본인이 먼저 회의 후 연락을 주겠다고 해 놓고 아무 연락이 없어?'라는 생각을 떨

철 수가 없다. 처음 이런 일이 있었을 땐 그러려니 했다. 두 번 세 번 겪게 되니 점점 화가 났고, 그러다 이건 어쩌면 그들의 일하는 방식인가라는 생각이 들기 시작했다. 의논 결과 함께 일하기로 결정될 때만 연락하는 관습이 있고, 난 그걸 미처 깨닫지 못하는 게 아닐까? 이런 것도 K-스타일이라고 해 줘야 하는 건가? 난 한국에서 나고 자라 군대까지 다녀온 한국 사람이다. 게다가 미국으로 가기 전 이미 한국에서 10년 가까이 직장 생활을 했다. 면접 테이블 양쪽에 모두 앉아 본 경험도 있다. 내가 이걸 이렇게 애써서 이해해야 하는 건가? '예전엔 어땠지?' 하고 기억을 헤집어 봐도 딱히 이런 일로 불쾌했던 기억이 떠오르지 않는다. 이런 일이 없었기 때문인지, 아니면 있었지만 그때만 해도 나 역시 그걸 당연히 여겼기 때문인지, 어느 쪽인지 도통 기억이 안 난다.

그러다 문득 어제 아내와 함께 과일을 사러 갔던 농산물 도매시장에서 내가 한 말이 떠올랐다. 이런저런 가격 질문을 하고 돌아서는 길에 나는 별생각 없이 가게 주인에게 "딴 데 좀 더 돌아보고 올게요."라고 했다. 주인은 웃으면서 "네, 다시 오세요."라고 답했다. 주인의 그 웃음에서는 '오긴 뭘 또 와. 안 올 거면서 무슨' 하는 느낌이 강하게 느껴졌다. 아, 그렇구나. '다시 오겠다'는 내 말이 정말 다시 '오겠다'는 약속이 아님을 그도 알았을 터이다. 오면 좋고 아니면 말고. 그래, 그런 거였다.

다시, 시작

시스템이 문제다

어느 프로듀서와 작품에 대해 논의하던 자리였다. 이런 저런 조건들을 맞춰 가던 중 인원 구성에 대한 이야기를 할 때였다.

"인원은 어떻게 하실 건가요?"
"일단 편집보조는 두 명 정도 생각하고 있습니다."
"가편기사도 쓰실 거죠?"
"글쎄요. 가편기사 없이 제가 처음부터 다하는 걸 선
  호해서 계획엔 없습니다. 편집보조만 두 명으로 유

지할 수 있으면 됩니다."

가편기사는 현장에서 촬영된 데일리스가 편집실로 넘어오면 이를 가장 먼저 편집하는 사람이다. 현재 한국의 시스템에선 이렇게 가편기사가 먼저 편집하면 나중에 편집감독이 이를 확인하고, 필요에 따라 다듬는 작업을 하는 게 일반적이다. 심할 땐 촬영이 모두 끝나고 전체 편집이 가편기사에 의해서 일단락되고 나면 그제야 편집감독이 참여하는 경우도 있다. 한국에 돌아와 일할 때 가장 이해되지 않는 부분이었다. 지금도 이해는 하지만 동의하기엔 어려운 부분이다. 물론 편집감독이 뒤늦게 참여한다고 해서 그의 기여도가 단순히 가편기사가 작업한 것을 다듬는 수준에 머무는 건 아니다. 가편은 참고사항일 뿐이고, 이를 완전히 다시 편집하는 경우도 있다. 편집감독과 가편기사가 신을 바라보는 태도가 다르고, 스타일이 다를 수 있기 때문이다. 게다가 편집감독이 일하는 단계에선 감독은 물론 제작자를 비롯한 다른 결정권자들의 의견이 더욱 적극적으로 들어온다.

미국에선 언제나 에디터가 촬영 첫날부터 모든 편

집을 시작한다. 1억짜리 영화건 500억짜리 영화건, TV 드라마건 극장용 영화건 상관없이 똑같다. 에디터는 매일 촬영 일정에 따라서 뒤처지지 않도록 편집한다. 그렇게 촬영이 끝나면 작품에 따라 이틀에서 한두 주 후에 감독에게 에디터스 컷을 보낸다. 미국의 에디터는 한국의 편집감독과 가편기사가 하는 일을 혼자 해낸다. 왜 한국은 굳이 대부분이 '편집감독＋가편기사'라는 시스템을 유지하는 걸까?

미국에서 에디터가 촬영 시작부터 매일 편집하는 건 단지 촬영 후 빠른 시일 내에 에디터스 컷을 완성하기 위함이 아니다. 촬영과 함께 편집하며 혹시 어떤 부분에서 보충 촬영이 필요한지, 기술적으로 문제는 없는지(이 부분은 어시스턴트 에디터가 좀 더 주가 되어 체크한다), 촬영이 올바른 방향으로 나아가고 있는지 등을 계속 체크하며 감독과 소통하기 위함이다. 한국은 이런 중요한 에디터의 역할을 가편기사에게 넘기는 꼴이 된다.

"미국은 야근 잘 안 하죠?"

미국에서 일하던 시절 한국 사람들에게 이런 질문

을 받곤 했다. 한국에 돌아와서도 마찬가지다. 이런 질문을 하는 사람 중엔 한국 스태프가 미국 스태프보다 강도 높은 노동과 긴 노동 시간에 시달린다는 은근한 자부심 같은 걸 바탕에 깔고 있는 사람도 있다. '우리는 이렇게 힘들게 일한다'는 쓸데없는 자부심 말이다. 그런 사람들의 기대엔 미안하지만 난 매번 그들에게 그렇지 않다고 말해야 한다.

아주 단순한 비교를 해 보자. 현재 한국 촬영 스태프의 표준계약서는 주 52시간이다. 미국의 촬영 스태프는 주 60시간 일한다. 이렇게 단순 비교를 했을 때 미국 촬영 스태프의 노동 시간이 더 길다. 미국의 에디터는 시급으로 페이를 받는데, 주 60시간이 기본 노동 시간으로 정해져 있다. 즉, 하루 근무 시간이 12시간이다. 어시스턴트 에디터 역시 기본은 주 45시간, 하루 9시간이다. 다만 식사 시간이 포함된 에디터와 달리 어시스턴트 에디터의 기본 시간엔 식사 시간이 포함되지 않기 때문에 사실상 대체로 하루 10시간 근무 후 퇴근이다. 출퇴근 시간을 따져 보면, 에디터는 아침 9시 출근에 저녁 9시 퇴근, 어시스턴트 에디터는 아침 9시 출근에 저녁 7시 퇴근이 기본이 되는 셈이다. 나도 어시스턴트 에디터로 일할 땐 대부분 주 50시간으로 계약을 했다. 아침 9시 30분에 출근해서 저녁 8시에 퇴근하는 게 일반적이었다. 한국에서 직장인들이 그렇게 외치는 저녁이 있는 삶? 미국에도 없었다. 이 정도면 업무 시간으로만 따졌을 때 과연 누가 더 힘들고 덜 힘들고를 매길 수 있을지 의문이다. 그런데 이게 또 단순하게 미국 스태프가 더 힘들다고 말할 수 있는 건 아니다.

이렇게 이야기하는 이유 중 하나는 한국과 미국은 스케줄에서 큰 차이가 있기 때문이다. 한국에 돌아와 어느 큰 작품의 가편기사로 처음 일하던 때였다. 편집보조에게 다음 주 촬영 스케줄을 요청했더니 그 주의 일정만 주면서 다음 주는 미정이라고 했다. 처음엔 그런가 보다 했다. 그런데 어찌 된 게 금요일 저녁, 심할 땐 주말에서야 다음 주 일정이 확정되어 전달되기도 하는 일이 계속되었다. 촬영 스케줄에 따라 내 일정도 변동이 심할 수밖에 없는 상황이 너무나도 불편했다. 문제는 모든 작품이 이런 식이라는 사실이다. 그에 반해 미국은 기본적으로 주말엔 촬영도 없고 편집도 없다. 대신 주 5일, 주중에 열심히 일한다. 평균 근무 시간이 많더라도 주말과 주중의 경계가 없는 것보다는 훨씬 낫지 않나? 한국에서는 시스템의 조악함에 일하는 사람만 죽어 나간다. 주변 환경 탓에 어쩔 수 없이 이런 열악하고 조악한 시스템이 유지되어야 한다면 모르겠지만, 2024년의 한국이라면 그런 핑계는 이제 그만해야 하지 않을까? 시스템이 문제다.

시스템을 들먹이니 계약 방식이 목에 턱 걸린다. 정해진 시간당 페이를 기준으로 계산된 일정한 주급으로 페이를 받고, 기간이 길어지더라도 걱정 없이 어찌 되었든 계속 일정한 페이를 받는 시스템에 익숙해져 있다가 턴키* 방식의 계약을 접하니 이게 얼마나 비합리적인 방식인지 뼈저리게 느낀다. 국내 업계는 이 방식으로 진행하는 게 대다수라 한국에서 일하는 사람들은 별 불만이 없는 줄 알았다. 그런데 그동안 만난 많은 이들이 이러한 계약 방식에 불만을 토로하는 걸 봤다. 계약이란 게 계약서 양쪽에 서 있는 사람들의 각자 원하는 바가 다르

●   일괄 계약, 프로젝트를 한 업체에 통으로 위임하여 맡기는 것으로 해석된다. 여기서 사용한 의미로는, 정해진 금액에 하나의 작품을 작품의 제작 기간에 상관없이 통으로 계약한다는 뜻이다.

니 이럴 수밖에 없으려나?

미국의 에디터는 한 번에 한 작품씩 처음부터 끝까지 집중하여 일한다. 한국은 동시에 여러 작품을 진행하며 각 작품의 중반부 이후부터 제대로 참여하는 일이 잦다. 유명하거나 바쁜 편집감독일수록 더 그렇다. 그들이라고 그러고 싶어서 그럴까? 참 오랜만에 만난, 어느새 경력이 30년 넘은 선배 편집감독이 푸념하듯 내게 이런 말을 던졌다. 편집실을 운영하는 것보다 혼자 일하는 게 경제적으로 훨씬 낫다고. 그가 왜 그런 말을 했는지 곰곰이 생각해 본다.

시스템에 적응해야 한다는 착각

한국에서 10여 년 일하고 미국에 가서 또 10여 년 일하다가 다시 한국에 돌아왔다. 한국에 돌아와 여러 사람과 만나 이런저런 이야기를 나누며 많이 들었던 말 중엔, 우리나라 시스템에 적응해야 하니 당분간은 혼자 작품을 하기 어렵지 않겠냐는 말이 있었다. 이 말을 하는 사람들은 여러 종류로 나뉠 수 있다. 진심으로 나를 걱정하는 사람들, 자세한 내용을 모르고 추상적으로 그렇겠거니 하는 사람들, 혹은 변명 거리를 만들려는 사람들이 어지럽게 섞여 있다. 이들의 말을 듣고 있으면 나도 모르게 '그래 맞아. 정말 맞는 말이야'라고 생각하곤 한다. 정말 우리나라 시스템에 적응하기 위해서는 당장 홀로 작품을 맡는 게 어려울까?

　　보통 이직할 때 일종의 경력 단절이 일어나곤 한다. 예를 들어, 같은 편집 분야라 할지라도 예고 편집을 하다 광고 편집 회사로 옮기려고 하면 이전 경력을 인정해 주지 않는 경우가 많다. 이는 꽤 오래전이지만 내가 실제로 겪었던 일이기도 하다. 예고편, 홍보 영상, 짧은 모바일용 영상 등을 몇 년 편집하다 광고 편집 회사로 이직하고자 이력서를 넣던 시절이 있었다. 면접까지 간 경우는 서너 군데였던 것으로 기억한다. 그 업체들은 모두 면접에서 하나같이 그간 내 경력은 광고 편집이 아니기 때문에 인정할 수 없다, 완전 신입으로 입사해야 한다는 말을 반복했다.

　　그 경험을 하고 이제 시간이 꽤 지났다. 그 후 미혼이었던 내가 결혼했고, 첫째는 벌써 중학생이다. 그 시간 동안 한국과 미국에서 일한 경험 끝에 나온 내 생각. '우리나라 시스템에 적응해야 한다'는 말은 좋게 해석하면 '그동안 해 온 작품과 다르니 이런 것도 가능하다고 먼저 증명하라'는 말이지만, 진짜는 결국 '이전 경력은 인정해 줄 수 없다'는 자기 밥그릇 지키기와 텃세의 다른 표현일 뿐이다.

어쩌면 이런 결론을 내리기엔 조금 이를 수도 있다. 한국과 미국의 편집 환경에 다름은 분명 존재한다. 다만 그 다름은 '편집'에 대한 문제가 아니라 일의 순서, 조직, 전체적인 워크플로, 계약 방식 등과 관련이 있는 듯하다. 편집 자체를 하는 데엔 별문제가 없다. 따라서 '당분간 혼자 작품 하기는 어렵지 않냐'는 질문에 대한 내 대답은 이렇다. 어시스턴트 에디터라면 그렇지만, 에디터라면 아니다. 어시스턴트 에디터로서 해야 하는 업무의 양은 한국이 미국에 비해 매우 적다. 이는 반대의 경우, 그러니까 우리나라 에디터가 미국에 갔을 때도 마찬가지다. 이제 막 시작하는 사람이라면 모를까, 이미 한국에서 어느 정도의 경험을 쌓은 에디터라면 '미국 시스템에 먼저 적응해야 하니까 당장은 힘들다'는 말을 불쾌하게 받아들이길 바란다.

한국에서 '편집상'까지 받은 능력 있는 에디터가 미국에서 제대로 대접받지 못하는 모습을 본 적이 있다. 그가 영어를 못하는 것도 아닌데 말이다. 결국 이런 텃

세는 어디에나 존재하는 것일까?

한국에서 편집을 잘하는 사람이라면 미국에서도 문제없이 일할 수 있다. 영어로 의사소통하는 데 문제가 없다는 전제하에 말이다. 반대도 마찬가지다. 미국에서 문제없이 편집하던 사람이라면 언어가 큰 걸림돌이 되지 않는 한 한국에서도 편집하는 데 아무 문제가 없다. 심지어 요즘엔 모르는 언어라도 주변 도움으로 다들 편집을 문제없이 해낸다. 〈파친코〉만 봐도 그렇다. 작품 대부분이 한국어와 일본어로 이뤄지는데, 참여하는 에디터와 어시스턴트 에디터 중 그 언어를 유창하는 사람은 나 말고 아무도 없었다(나도 일본어는 할 줄 모른다).

미국에서 일했다고 이야기하면 '미국과 한국 드라마 편집은 다르죠? 무엇이 달라요?'라는 질문을 종종 받게 된다. 속으로는 '모르겠는데요?'라는 대답이 맴돌지만 그렇게 말하면 상대가 실망할 테니 어떻게든 답을 애써 짜낸다. 대답하면서도 속으론 '나 뭐라는 거야 도대체?'라고 생각한다. 이야기를 어떻게 편집하느냐의 차이는 '나라'나 '언어'가 만든다기보다는 '이야기'가 가른다고 하는 게 더 정확하다. 편집은 어떤 이야기를, 어떻게 촬영된 그림을, 연출자의 어떤 '의도'에 잘 부합하도록 하는 것이다. 미국 드라마니까 이렇게 편집해야 하고, 프랑스 드라마니까 이렇게 편집하고, 일본 드라마니까 이렇게 편집하고, 한국 드라마니까 이렇게 편집하는 게 아니다. 셀마 슈메이커Thelma Shoonmaker*가 우리나라에 와서 영화를 편집한다고 하면 과연 "한국 영화 편집 안 해 봤고 한국 시스템 모르니까 우리 작품은 안 돼요. 작은 일 먼저 하면서 적응부터 하세요."라고 말할 사람이 있을까?

●   〈분노의 주먹〉 이후 마틴 스콜세지(Martin Scorsese) 감독의 모든 영화를 편집한 에디터

다시, 시작

케빈 텐트 Kevin Tent
에디터

〈바튼 아카데미〉 〈피넛 버터 팔콘〉 〈다운사이징〉
〈네브래스카〉 〈디센던트〉 〈황금나침반〉 등

Q 어렸을 때부터 영화 편집에 관심이 있었나?

어렸을 땐 영화 편집에 관심이 없었다. 아니, 관심
이 없었다기보다는 존재 자체를 몰랐다고 해야겠다.
L.A에 와서 에디터가 될 때까진 편집이란 게 있는지도
몰랐다. 편집은 몰랐지만 어쨌든 영화에 관련한 뭔가를
하고 싶다는 생각은 그전부터 늘 하고 있었다. 중학교
때 친구들과 슈퍼 8 카메라를 들고 작은 영화를 만들곤
했는데 그게 정말 재미있었다. 그때 '이야, 이거 참 재미

있구나. 이런 일을 계속하고 싶다'고 생각했다. 대학에서 커뮤니케이션 전공을 했는데, 이 프로그램은 뉴스나 방송에 집중한 프로그램이었다. 2년간 공부하면서 이건 내가 원하던 게 아니란 걸 깨닫고, 짐을 싸 들고 캘리포니아로 왔다. 그때가 스무 살 때다. 이곳에 와서 L.A City College에서 영화를 공부하기 시작했다. 보잘것없는 아주 작은 프로그램이었지만 나에겐 참 좋은 프로그램이었다. 나가서 그냥 찍고, 찍은 걸 돌아와서 보여 주고….

Q 실기 중심의 프로그램이었던 것으로 들린다.

그렇다. 그게 나에겐 무척 도움이 되었다. 난 무언가를 배울 때 직접 해 보는 게 가장 좋다. 그 당시 몇몇 멘토들이 날 많이 도와주기도 했다. 그 시절에 단편을 몇 개 만들었는데 운 좋게도 HBO에 두 편이 팔리기도 했다. 그땐 큰 작품들의 사이사이 빈 공간을 메우기 위해 HBO가 그런 작은 단편들도 사던 시절이었다.

졸업 후 2년 정도 교육 영상을 편집했다. 학교에서 틀어 주는 교육용 영화들 말이다. 그러면서 동시에 친구들 단편도 편집하면서 지냈다. 그러다 로저 코먼Roger Corman 프로덕션에서 〈엠마뉴엘 5〉을 재편집할 기회를 얻었다. 그게 내 첫 번째 장편 영화다. 1988년인가 87년인가, 그쯤이었던 것 같다.

Q 로저 코먼은 자신의 프로덕션을 운영하면서 정말 많은 B급 영화를 쉼 없이 만들어 냈다. 마치 지금의 블룸하우스Blumhouse Productions*처럼.

맞다. 블룸하우스는 확실히 예전의 로저 코먼의 방식을 따르고 있는 거 같다.

Q 처음엔 당연히 필름으로 편집했을 것이다. 지금은 모두 디지털인데, 언제부터 디지털로 작업했나?

흠, 그게 몇 년도였을까⋯ 아마 1996년이었나? 〈위협〉이라는 영화였다. 케이블에서 상영했던 작은 스릴러 작품이었다. 그 작품을 하기로 정해지고 나서 프로

● 〈파라노말 액티비티〉 〈인시디어스〉 등 호러 영화 전문 제작사

듀서가 내게 아비드 수업을 들어야 한다고 했다. 그래서 아비드 수업을 하는 곳을 알아봤는데 맙소사, 너무 비쌌다. 나에게 그만한 돈은 없었다. 소니 배스킨Sonny Baskin이라고 당시 같은 프로덕션 회사에서 다른 영화를 편집 중이던 에디터가 있었는데, 참 좋은 사람이었다. 그가 아비드 사용법을 간단히 보여 줬다. 필름으로 뭘 어떻게 한다면 아비드에서 똑같은 걸 어떻게 하는지 보여 줬는데, 바로 이해할 수 있었다. 돌이켜 생각하면, 제대로 차근차근 배우지 않고 이렇게 속성으로 배웠기 때문에 안 좋은 습관들도 조금 생겨 버린 것 같다.

Q   필름으로 일할 때와 아비드로 일할 때 다른 점이 있나? 필름에서 디지털로 바뀐 환경이 일도 좀 다르게 하도록 만드나?

당연하다!

Q   장단점에 대해서 이야기해 줄 수 있을까?

디지털로 일하는 게 좋다. 필름으로 절대 다시 돌아

가고 싶지 않다. 하지만 디지털로 바뀌면서 일의 양이 훨씬 많아졌다. 생각해 보라. 디지털로 편집을 하게 되면서 사운드 작업을 훨씬 많이 한다. 음악도 넣어서 편집하고, 효과음 작업도 많이 하게 되고…. 필름으로 편집할 때와 비교하면 최종 결과물에 훨씬 가까운 모습으로 만들 수 있게 되었다. 이건 당연히 훨씬 시간이 오래 걸리고, 결국 더 많이 일하게 되는 것을 의미한다. 개인적으로는 예전에 러프 컷Rough cut을 상영하던 방식이 더 좋다. 디졸브도 없고, VFX도 아직 없고. 그저 워크 프린트Workprint인 셈이다. 필요한 경우엔 차이나 마커로 여기에 뭐가 들어갈 예정이라거나 무슨 대사가 들어갈 거라고 표시해 놓은.

디지털로 편집하면서 여러 실험도 훨씬 더 많이 할 수 있게 되었다. 필름으로 하는 편집이 체스라면, 디지털로 하는 편집은 체커라고 할 수 있다. 어떤 신을 완전히 뒤집어야 한다고 생각해 보자. 필름이라면 시작하기 전에 정말 많이 생각해야 한다. 이걸 이렇게 하면 다음은 어떻게 될지, 또 그다음은 어떻게 될지, 마치 체스 플레이어들이 말을 움직이기 전 머릿속에서 수십수백 수를 그려 보듯이 그려 봐야 한다. 필름은 한 번 손대면 다시 고치기가 너무 힘들기 때문이다. 디지털은 다르다. 체커처럼 빠르게 이렇게 해 본다. 안 되네? 그럼 또 다른 걸 얼른 해 보는 것이다.

Q 감독들은 어떨까? 디지털로 바뀌면서 감독도 일을 다르게 하게 되었다고 생각하나?

그럴 것 같다. 필름으로 찍을 땐 필름이 돌아가는 모든 순간이 돈이었다. 지금은 카메라가 계속 돌아가게 그냥 둔다. 한 대도 아니고 두세 대를 동시에 세워 두고 계속 돌아가게 한다. 덕분에 푸티지Footage*가 예전과 비교할 수 없을 정도로 엄청 많아졌다. 덕분에 에디터가 봐야 할 데일리스가 훨씬 많아진 건 말할 것도 없고, 편집팀 전체가 다뤄야 할 것들이 무척 많아졌다.

또, 필름으로 편집할 땐 감독이 편집실에 오기 전에 훨씬 더 많은 생각을 미리 했을 것이다. 시간이 더 오래 걸린다는 걸 아니까. 에디터에게 이렇게 한번 해 보자

●   숏, 신, 시퀀스 등 일정한 길이의 필름. 좁은 의미로는 프레임 수로 나타내는 필름의 길이를 이른다.

말하고 나면 그 결과를 볼 때까지 기다리는 시간이 지금보다 길었다. 지금은 그냥 "이렇게 저렇게 다시 해 볼까요?"라고 쉽게 말할 수 있다.

필름 시대와 크게 달라진 게 또 있다. 필름으로 작업할 땐 모든 테이크를 프린트하지 않았다. 감독이 오케이 한 테이크만 프린트해서 편집실에 주었다. 테이크를 여덟 개 찍었다면 그중 서너 개만 에디터에게 오는 거다. 그런데 종종 그 오지 않은 나머지 테이크에서 정확히 내가 필요한 걸 찾을 수 있는 경우가 있다. 오케이 테이크가 아닌 다른 테이크에서 좋은 부분들을 찾을 수 있는 경우가 자주 있다. 디지털로 바뀌면서는 모든 테이크를 바로 볼 수 있게 되어 좋다. '이런, 이 테이크는 빛이 너무 많이 들어와서 못쓰겠네. 어? 저 캐릭터가 문으로 들어가는 부분만큼은 아주 좋아서 쓸 수 있겠는걸? 내가 필요하던 거잖아!' 이런 식이다.

Q 〈엠마뉴엘 5〉 이야기를 좀 더 해 주겠나?

로저 코먼 프로덕션이 내가 진짜 영화 일을 시작한 곳이라고 할 수 있다. 그곳이 내가 에디터가 된 곳이며, 그곳에서 편집에 대해서도 배울 수 있었다. 그때 로저 코먼에겐 골칫거리인 영화가 하나 있었다. 프랑스 배급사를 통해서 영화를 하나 샀다. 그냥 미국에 개봉만 시킬 생각으로. 그런데 막상 영화를 보니 엉망이었던 거다. 일종의 소프트 코어 영화였는데 영화가 너무 말이 안 되고 엉망이었다. 로저는 에디터를 고용해서 이 영화를 고쳐야겠다고 생각했다. 그 소식을 듣고 지원했고, 로저는 당시 단편 몇 편밖에 한 게 없던 날 고용했다.

〈엠마뉴엘 5〉를 재편집하러 간 첫날, 필름통 몇 개를 열어 봤는데, 세상에, 아직까지 누구도 보지도 않았던 푸티지들은 물론 여러 신들이 있는 거다. 쭉 봤는데, 그 신들이야말로 영화가 말이 되게끔 만들어 줄 수 있는 신들이었다. 플롯이 말이 되게 해 주는 것들이었다. 그 영화에 플롯이란 게 별로 없긴 했지만, 어쨌든. (웃음)

그렇게 서너 개 정도의 신을 새로 넣었다. 몇 개였는지 정확히 기억나지는 않는다. 그렇게 하니까 영화가 말이 되기 시작했다. 그러고 나선, 영화 전체를 다시 살피면서 필요 없는 부분들을 잘라 내기 시작했다.

어느 정도 끝나고 나서 로저가 보더니 영화가 보기 좋아졌다고 했다. 그러고선 나를 그곳에서 일하게 해 주었다. 그렇게 내 커리어가 시작된 거다. 결과적으로 〈엠마뉴엘 5〉를 끝내진 않았다. 〈악령의 외계인〉라는 영화를 편집하게 되었고, 이게 공식적인 에디터로서의 첫 장편 영화다.

Q 나도 얼마 전에 작은 장편을 재편집해야 했다. 다른 사람이 이미 편집해 놓은 영화에 손을 대야 하는 게 좀 부담스러웠다. 다른 사람의 영화를 재편집할 때 어떻게 접근하나? 처음부터 다시 하나? 아니면, 문제가 되는 부분에만 집중하나?

보통 처음부터 다시 시작한다. 데일리스를 보는 것부터 시작하는 거다. 재편집 일이 들어오는 경우를 보면 대체로 2주 정도의 시간이 있는데 가능하겠냐고 문의를 많이 한다. 문제가 되는 부분이 있으니 그 부분만 좀 손대고 이리저리 살짝만 만져 주면 좋겠다고 한다. 그럼 내 대답은 항상 같다. 난 데일리스를 다 본다. 그러다 보면 대체로 지금 영화에 들어가 있는 것보다 더 좋은 연기를 보기도 한다. 그러면 그걸 넣고 신을 고치게 되고, 한 신을 고치면 거기에 맞게 다른 신을 고치게 되고…

그러니 난 시간이 더 많이 필요하다. 당신이 정말 2주밖에 줄 수 없다면 다른 사람을 찾길 바란다고 한다. 난 좋은 연기의 힘을 믿는다. 그래서 데일리스를 반드시 모두 확인한다.

Q 데일리스는 어떤 식으로 확인하나?

보면서 내가 좋아하는 부분들을 모으는 것부터 시작한다. 이 대사 리딩은 여기가 좋네, 저 대사 리딩은 여기가 좋네. 이 부분 리딩은 별로지만 손 동작은 좋네. 그렇게 마음에 드는 것들을 타임라인에 모은다.

Q 자기만의 셀렉션을 만드는 건가?

그렇다. 이런저런 갖가지 것들의 모음이다. 별별 걸 다 모은다. 새가 화면을 가로질러 날아가는 와이드 숏일 수도 있고, 뭐든 상관없다. 그렇게 마음에 드는 것들을 타임라인에 모으고 나면 이것들을 잘 조합하기 시작한다. 주로 여러 대사 리딩을 주욱 나열하고 이것들을 조합하는 일이 많다. 같은 대사의 다른 다섯 개의 리딩을 모았다고 하자. 그럼 이 중 가장 마음에 드는 걸 고른다. 그렇게 하나씩 편집한다. 그런 후에 다시 보니 이게 저것과 어울리지 않는다? 그러면 다시 돌아가서 조정을 하고… 그런 식이다.

Q 인터뷰를 준비하면서 '첫 질문으로 뭐가 좋을까? 인터뷰의 시작을 어떻게 시작해야 할까?'라는 고민을 했다. 편집도 마찬가지인 것 같다. 신의 첫 숏을 어떻게 정하나?

어떤 숏으로 시작할지 바로 알진 못한다. 편집은 계속 변한다. 변하고 발전한다. 마스터 숏으로 시작했더라도 편집을 하다가 '어? 마스터 숏이 필요가 없네? 대신 다른 타이밍에 써야겠는걸?' 하고 발견하곤 한다. 기본적으로는 일단 시나리오를 따라서 시작한다. 촬영된 순서도 고려한다. 거의 대부분 마스터 숏이 처음이니까 일단 그걸 본다. 만일 마스터 숏이 너무 재미없다면 신을 좀 더 흥미롭게 시작할 수 있는 다른 방법이 없는지 살펴본다.

그렇게 한 신을 마치고, 다른 신을 시작한다. 이 신

을 끝낸 방식 때문에 다음 신을 특정한 방식으로 시작하
게 된다. 때로는 그렇게 하면 별로 흥미롭지 않다는 걸
발견하기도 하는데, 그럼 이것들을 다시 조정한다.

Q 하나의 신이 그 주변의 신을 어떻게 편집해야 하는
지 영향을 미친다는 말인가?

　정확하다. 두 신을 편집했는데, 앞 신의 끝에서 초
인종 소리가 5초 동안 먼저 들리게 해야 한다고 생각해
보자. 여기에 맞게 신을 재편집해야 하는데, 그러다 보
면 페이스Pace가 항상 큰 문제가 된다. 편집에서 가장 큰
부분이 어쩌면 페이스일지도 모르겠다. 하지만, 아, 불쌍
한 페이스(웃음). 지금 현대에 사는 우리는 참을성이 참
없다.

Q 내가 일했던 작품의 프로듀서는 대사가 끝나자마자
바로 다음 숏으로 넘어가길 원했다. 말이 끝나고 바로
다음 프레임에서 가차 없이 말이다. 리액션이 중요하기
때문에 지체하지 않고 리액션을 보여 주는 게 중요하다
고 믿는 거다.

흥미로운 방식이다. 독특한 스타일이다. 아마도…

Q 아마도 TV 드라마에서 볼 수 있는 좀 특별한 방식
이다.

그렇겠다. 난 말했다시피 연기의 힘을 믿는 사람이
다. 때로는 그 프로듀서와 같은 방식으로 편집하는 게
좋을 수도 있다. 그런 방식만의 독특한 인상을 줄 수 있
으니까. 두 이미지가 강렬하게 충돌하는 그런 느낌 말이
다. 하지만 숏을 끝내지 않고 좀 더 기다리면 테이크의
끝에서 배우들이 정말 멋진 순간을 보여 주는 경우도 있
다. 그런 건 기다려 줘야 한다.

Q 원론적인 질문을 하나 해 보겠다. 편집이란 뭐라고
생각하나?

편집이란 뭐라고 생각하냐고? 흠….

Q 예를 들어, 편집에 대해 아무것도 모르는 내 아버지
께 편집이 뭔지 설명해야 한다면 뭐라고 말하겠나?

편집이 뭔지 설명하는 건 정말 힘들다. 내 아들이 8살 때였다. 부모들이 학교에 가서 자신의 직업에 대해서 이야기해 주는 그런 시간이 있었다. 그때 우리 가족이 휴가 동안 여행을 하며 찍었던 사진들을 잔뜩 들고 가서 이렇게 이야기했다. 자, 여기 휴가 때 여행 가서 찍은 사진이 스무 장 있다. 그런데 사진 앨범에 우리가 넣을 수 있는 건 여덟 장뿐이다. 어떤 사진을 넣고 어떤 사진을 넣지 말아야 할까? 안타깝게도 아이들에게 이 방법은 먹히지 않았다. 애들은 그냥 "그래서 찰리(케빈의 아들)는 어디로 여행 갔는데요?" 같은 질문을 할 뿐이었다. (웃음)

이게 편집을 설명하기 위해 내가 시도했던 가장 기초적인 방식이다. 사진 앨범 속에는 이야기가 있다. 사진 한 장 한 장 보면서 여기에서 여기로 비행기를 타고 갔고, 여기선 이걸 했고, 저기에선 이걸 했고, 그리고 집에 왔다. 퍼즐 같은 거다. 편집은 많은 걸 담고 있다. 문제 해결 과정이기도 하고, 이야기를 다시 쓰고 퇴고하는 과정이기도 하다.

Q 가끔 아버지를 뵙게 되면 내가 하는 일이 뭔지 묻곤 하셨는데, 편집이 뭔지 설명해 드리는 게 정말 힘들었

다. '시나리오라는 게 있을 테고. 그걸 감독과 프로듀서가 찍을 테고. 그럼 넌 그냥 그걸 붙이기만 하면 되는 거 아니냐? 할 일이 뭐가 있는 거지?' 이러셨다. 그러면 나는 아니다, 할 일이 엄청나게 많다고 말했다. 이걸 설명하는 게 정말 어렵다.

정말 어렵다. 그냥 아버지께 그 사람들이 너무 많이 찍어 오고, 시나리오에 찍힌 대로 찍는 일이 절대 없다고 말씀드려라. 실제로 찍으면 절대 글과 같은 느낌이 나지 않는데, 그걸 최대한 말이 되고 좋은 이야기로 만드는 게 에디터가 하는 일이라고 설명하면 어떨까?

Q   종이에 쓰인 것과 카메라에 찍힌 것 사이엔 언제나 간극이 존재한다.

편집이란 여러 색깔을 섞는 작업 같은 거다. 수프에 여러 재료를 넣는 작업 같은 것이기도 하고. 당근, 크림, 소금, 후추, 그리고 그 밖에 다른 많은 재료들이 있다. 이걸 냄비에 넣고 수프를 만드는 게, 거기에 단순히 만드는 데에서 그치는 게 아니라 맛있게 만드는 게 에디터의 일이다.

Q   내가 아는 다른 에디터도 정확히 그런 식으로 에디터의 일을 표현한다. 에디터는 셰프 같은 거라고. 감독이 A라는 음식을 염두에 두고 촬영을 했다. 그런데 가져온 것들을 편집하다 보니 가지고 있는 재료들로는 A라는 음식보다는 B라는 음식을 만드는 게 더 좋을 것 같다고 감독에게 제안하고 길을 보여 줄 수 있어야 한다. 또 지금 있는 것들로 A라는 음식을 만들 수 있다고 하더라도, 어떤 재료를 하나 더 추가하면 더 맛있게 만들 수 있을지를 고민하고 그것을 만들어 내는 게 에디터의 일이라고 설명한다.

아주 좋은 설명이다. 난 때로는 배우를 양념에 비유한다. 요리할 때 어느 하나의 특정한 양념이 너무 강하면 안 된다. 하나의 특정한 양념이 너무 강하면 요리를 망치게 될 거다. 편집도 마찬가지다. 한 배우가 너무 강하면 신 전체가 무너지게 된다. 전체 밸런스를 잡는 게 중요하다. 에디터는 셰프이다. 좋은 비유다. 아버지께 그렇게 설명해 드리면 되겠다.

Q 그래야겠다. 이젠 어차피 별로 신경 쓰시지 않는 것 같지만. (웃음) 배우가 너무 강하면 신이 무너진다는 말을 했는데, 가끔 이런 경우가 있지 않을까? 배우가 너무 강해서 영화를 보면 영화가 보이는 게 아니라 배우만 보인다든지 하는. 이런 경우를 볼 때면 이게 과연 그 작품에 좋은 일일까 하는 의문이 든다.

작품에 별로 좋은 일이 아니지 않을까? 하지만 그런 일은 많이 일어난다. 에디터로서 하는 일 중 가장 재미있는 일은 연기를 만들어 내는 일이다. 편집실에서 배우들의 연기를 잘 조직하고, 다듬는 일은 정말 재미있다.

Q 어제 기사를 읽었는데 이런 말이 있었다. 작품상은 제작자가 받는다. 그런데 그 기사는 감독과 에디터야말로 최종적으로 영화를 완성하는 사람들이기 때문에 제작자와 함께 작품상을 받아야 한다고 주장한다.

어떤 감독들은 정말 좋은 에디터이기도 하다. 나와 오랫동안 함께 일한 알렉산더 페인 감독은 정말 좋은 에디터다. 그와 함께 일할 때면 내가 그에게 편집에 대해 뭔가를 가르친다거나 하는 느낌이 전혀 없다. 우린 서로의 능력을 향상시키는 좋은 시너지 효과를 내는 것 같다. 편집 과정을 좋아하지 않거나 편집실에 오고 싶어 하지 않는 감독들도 있다. 사람이 다 다르듯, 감독마다 다 다르다.

Q 감독들 중에 에디터로 일한 경험이 있는 사람들도 간혹 있다. 그런 감독과 일한 적이 있었는데 무척 긴장 되더라. 좀 불편하고 말이다.

   그래? 난 에디터로 일해 본 감독과 일하는 게 좋다고 생각한다. 그런 감독과 일하면 훨씬 빠르다. 에디터로 일해 봤기 때문에 내가 뭘 하는지, 뭘 하려고 하는지 이해한다. 아, 그렇기 때문에 감독을 속이거나 하는 일은 할 수 없겠다.

Q 바로 그 점 때문에 더 긴장하게 된다. 내가 뭘 하는지 알기 때문에 내가 하는 작은 실수 같은 것도 다 알 거라는 불안함 말이다.

그건 그렇겠다. 하지만 그들이 에디터가 뭘 하는지 아는 건 단점보다는 장점이 많은 게 확실하다. 편집 과정을 알고 있으면 굳이 뭘 설명할 것도 없이 진행이 쉽다. 편집은 시간이 걸리는 과정인데, 이걸 이해하지 못하는 감독은 금세 참을성을 잃는다. 이렇게 되면 당연히 일하기 불편해진다.

예를 들어 이런 거다. 난 편집할 때 여러 가지를 시도해 보길 즐긴다. 혼자서 이렇게도 해 보고, 아닌데? 그러면 또 저렇게 해 보기도 한다. 이렇게 많은 길을 시도해 보는데, 이럴 땐 등 뒤 소파에 아무도 앉아 있지 않는 게 편하다.

Q 혼자 일하는 걸 즐기나? 알렉산더 페인 감독과 작품을 많이 하는데, 그와의 작업도 그런 식인가?

모든 작품이 다 다르다. 방금 말한 건 다른 사람이 작업한 영화를 후에 내가 투입되어서 재편집해야 하는 경우다. 알렉산더 페인과의 작업은 다르다.

그와 작업하는 방식은 오랜 시간을 거치면서 많이 바뀌어서, 현재는 그와 내가 함께 에디터스 컷과 첫 번째 디렉터스 컷이 혼합된 편집본을 만드는 방식으로 정착되었다. 모든 데일리스를 함께 보는 것부터 시작한다. 페인 감독은 촬영 기간 동안 데일리스를 보지 않는다. 그는 기억력이 아주 좋아서 찍은 것들을 다 기억한다. 촬영이 끝나면 그것들에서 잠깐 멀리 떨어져 지낸다. 그러다 편집이 시작되면 나와 함께 데일리스를 모두 다시 본다.

대체로 우리가 가장 좋아하는 대사 리딩을 뽑고, 그것으로 전체적인 모양을 만들어 나가는 작업부터 시작한다. 이 단계에선 아직 컷을 너무 많이 나누지 않으려고 노력한다. 되도록이면 연기를 살리고, 중간에 끊지 않으려고 한다. 여러 번 말하지만, 연기에 중점을 두는 게 참 중요하다. 이게 나와 페인 감독이 일하는 방식이다. 그는 편집실에 있는 걸 정말 즐긴다.

Q 시간이 오래 걸리는 작업처럼 들리는데, 스튜디오가 허락하니까 가능한 걸까?

맞다. 오래 걸린다. 알렉산더 페인 감독이기 때문에 스튜디오가 허락해서 가능한 일이다. 그가 지금보다 젊었을 땐 스튜디오가 이렇게 오래 걸리는 걸 용납하지 않았다. 〈일렉션〉이 성공을 거두자, 다음 영화인 〈어바웃 슈미트〉 때부터 페인 감독이 최종 편집권을 갖게 되었다. 알다시피, 이건 아주 큰 의미를 가진다. 그때부터 지금의 방식으로 발전하기 시작했다.

시간이 오래 걸리는 방식이다. 그래서 대체로 편집을 시작하고 10주 정도가 지나면 스튜디오에 2주가 더 필요하다고 전화를 건다. 십중팔구 전혀 문제없다는 대답이 돌아온다. 그들도 페인 감독이 아무 이유 없이 그 시간을 요구하는 무책임한 사람이라고 생각하지 않기 때문이다. 〈다운사이징〉은 예외였지만, 페인 감독의 영화는 모두 제작비가 비싸지 않고, 그런 낮은 제작비에 대비해 수익을 많이 올렸다. 그는 언제나 좋은 영화를 만들고 싶어 한다. 그러니 모두 그를 믿는다.

Q   에디터스 컷은 따로 없는 건가?

에디터스 컷을 하긴 한다. 거칠게나마 신들을 편집한다. 그와 작업할 때면 그걸 반드시 쓰는 건 아니지만 개인적으로 푸티지를 미리 내 머릿속에 넣어 두는 데 도움이 된다. 어차피 페인 감독과 함께 데일리스를 처음부터 모두 다시 보고 작업할 거라는 걸 알기 때문에 에디터스 컷에 대한 부담은 훨씬 적다. 그리고 이 편집본을 그와 함께 보긴 한다. 보다가 마음에 드는 방식이 나오면, "아, 저런 방식으로 편집했군요. 좋은데요? 저렇게 하죠."라고 하기도 하지만, 기본적으로 우리 둘은 처음부터 시작한다.

Q 당신과 페인 감독이 함께 글을 쓰는 듯한 느낌이다.

페인 감독도 늘 편집은 시나리오를 최종적으로 퇴고하는 과정이라고 말한다.

Q 편집할 때 배우의 연기에 집중하는 게 중요하다고 했는데.

관객을 이야기로 이끄는 기본적인 첫 번째 관문은 배우의 연기라는 게 내 믿음이다. 각 캐릭터를 연기하는 배우의 연기를 통해서 관객은 이야기의 문을 열고 들어온다. 연기가 정말 좋으면 관객은 현실을 금세 잊고 영화 속에 펼쳐지는 세상으로 쉽게 들어온다. 페인 감독과 일하면서 이 부분에 대해 많이 배웠다. 그와 일하면서 연기가 얼마나 중요한지, 연기가 어떻게 작품을 완전히 다르게 바꿀 수 있는지 배웠다. 조금 거칠고 덜컥거린다 하더라도 일단 연기가 가장 좋은 부분을 이용해서 편집을 시작한다. 연기가 좋아서 믿을 만하다면 관객은 조금 걸리는 건 그냥 무시한다.

Q   얘기를 듣고 있자니 몇 년 전에 겪었던 일이 떠오른다. 감독과 단편 편집 중이었다. 어느 신에서 감독이 뭔진 모르겠는데 느낌이 이상하다고 하는 거다. 두 명이 대화하는 장면이었다. 한 명에서 다른 한 명으로 화면이 넘어가는 타이밍도, 전체적인 대화의 리듬도 문제가 없었다. 감독이 문득 '저 사람 저기서 뭔가 이상한데?' 그러는 거다. 함께 그 부분을 계속 봤다. A라는 사람이 보이고, 다음에 B, 그리고 이어서 A로 다시 돌아가는 부분인데, A의 앞과 뒤 두 테이크가 서로 다른 테이크였다. 문제는 두 테이크에서의 연기 차이가 너무 컸다. 그때 연기의 통일성에 대해서 다시 생각하게 되었다.

아주 큰 부분이다. 페인 감독과 내가 여러 테이크의 다른 라인 리딩을 올려 두고 비교하면서 보는 걸 얘기했지 않은가? 우리도 그런 상황에 항상 부딪힌다. 라인 리딩은 테이크 1에서 좋고, 다른 부분의 라인 리딩은 테이크 3이 좋은데 아쉽게 프레이밍이 바뀌었다. 혹은 머리 모양이 달라졌을 수도 있다. 심지어는 장소가 다를 수도 있다. 일단 시작은 그렇게 가장 좋다고 생각되는 부분들만 골라서 편집한다. 그러고 나서 다시 처음부터 보면서 바꿀 건 바꾼다. 아, 여기서 여기로 트랜지션을 하려면 이게 필요하니까 이렇게 해야 하는구나…. 그리고 이건 한 번 하고 끝나는 것도 아니다. 여러 번 반복한다. 편집이란 건 한 번 하고서 '이제 끝'이라며 손 탁탁 털 수 있는 게 아니다.

Q 연기를 가장 중요시하는데, 편집에 있어서 룰을 가지고 있나?

없다.

Q 나는 한 가지 늘 명심하려는 게 있다. AFI에서 날

가르쳐 주신 돈 캠번Donn Cambern 선생님이 해 주신 말이다. "관객이 지루하지 않게 하라. 관객이 헷갈리게 만들지 말라(Don't bore. Don't confuse)."

돈이 그런 말을 했군. 정말 좋은 지적이다. 에디터는 어떻게 보면 최면술사 같은 거다. 관객이 영화를 보는 동안 딴생각을 하지 못하게 해야 한다. 이야기가 헷갈리거나 지루해지면 관객은 영화와 관계없는 딴생각을 하기 시작한다. '아, 화장실 가야겠다'. 뭐, 그런 거.

Q   나만 해도 예전에 비해 영화 한 편을 집중해서 끝까지 보는 게 점점 힘들어진다.

우리 사회 전체가 변하고 있다. 예전보다 참을성이 적어졌다. 책도 점점 덜 읽고. 세상이 그렇게 변하고 있는 것 같다.

Q   마지막 질문을 할까 한다. 편집을 하는 긴 과정에서 가장 즐거운 때와 가장 무서운 순간은 언제인가?

딱 어느 순간이 가장 즐거운 순간이라고 말하긴 어렵다. 모든 순간이 다 엄청나게 즐겁다. 영화와 내가 가질 수 있는 이 관계의 매 순간을 너무 사랑한다. 나보다 더 가깝게 다가가서 친밀한 관계를 가질 수 있는 사람은 아무도 없다. 내 앞에 놓인 영화나 드라마는 움직이지 않는 디지털 이미지일 뿐이다. 하지만 이걸 편집해서 이야기를 만들어 내고, 그렇게 만들어진 이야기를 관객들이 사랑할 때 느끼는 만족감은 이루 말할 수 없이 크다. 혹은 다른 영화의 재편집 요구를 받고 거기에 참여했을 때. 선입견 없는 관점으로 영화를 보고, 문제를 파악한 후에 고쳐서 이야기가 제대로 작동하도록 만들었을 때의 만족감 역시 크다. "아, 이거 고치려면… 글쎄요, 하루 종일 걸리겠는걸요? 한번 해 볼게요." 그러고 나서 여기를 다시 편집하고, 이것과 저것을 붙여 보고, 이쪽에 음악을 넣고…. 그러고 나서 사람들이 보고 '와, 이거 멋진걸요! 당신 마치…'

Q '… 마술사 같군요!'

맞다. 사람들이 그렇게 생각한다. 기존 영화에서

2분 정도만 달라졌을 뿐인데 영화 전체가 더 효과적이고, 믿을 만하고, 또 감정적으로도 더 좋아지는 거다. 달라진 건 2분이지만 그렇게 만들기까지 많은 시간이 걸렸다는 건 잊으면 안 된다. 큰 도박 같은 거다. '글쎄, 잘될까? 어디 한번 해 보자.'

그리고, 가장 무서운 순간이라…. 그건 아마도 영화를 누군가에게 처음 보여 줄 때다. 관객들에게 처음 테스트 시사를 할 때와 같은 순간 말이다. 관객이 어떻게 반응할지 기대되지만, 동시에 걱정도 된다. 때론 스스로도 영화가 아직 문제가 많다거나, 이 정도면 충분하다는 것도 이미 알고 있다.

Q 난 첫 에디터스 컷을 감독에게 보여 줄 때가 가장 힘들다. 혼자 볼 땐 문제가 없어 보였는데, 감독에게 보여 주며 옆에서 같이 보면 이상하리만치 완전 엉망으로 보인다. 문제가 엄청 많이 보인다. 관객들을 모시고 테스트 시사를 할 땐 관객들에게 어디가 문제 있어 보이는지 의견을 받는데.

중요한 건 문제가 뭔지 찾아내는 것보다는 뭐가 가

장 베스트인지 찾아내는 거다. 관객들은 이 문제를 풀기 위해서 각자가 최선이라고 생각하는 것들을 말한다. 백만 명의 사람이 있으면 백만 명이 '그 문제는 이렇게 풀어야 한다'고 백만 개의 대답을 하는 거다. 미칠 노릇이다. 게다가 스튜디오는 이렇게 하자고 하고, 프로듀서는 이런 말을 하고, 감독은 또 다른 말을 하고… 이 모든 의견을 다 받아들이면 작품은 오히려 엉망이 되어 버린다. 그렇게 되는 걸 정말 많이 봤다. 그래서 특히 재편집을 할 땐 그 모든 피드백을 적용하기 전에 내 나름대로 고쳐 볼 테니 기다려 보라고 한다.

Q 돈 캠번 선생님이 한 말이 또 떠오른다. 다른 사람이 영화에 뭐가 문제라고 지적하면서 어떻게 고치는 게 낫겠다고 하면, 그들이 제시하는 해결 방법을 듣지 말고 왜 그들이 그 부분이 문제라고 하는지에 대해서 고민하라고 하셨다.

존 레논John Lennon도 같은 말을 했다. 사람들이 말하는 문제가 뭔지 듣는 게 중요하다. 그들이 말하는 해결책을 듣는 게 중요한 게 아니다. 그런 말을 했던 것 같다. 해결은 결국 감독과 에디터의 몫이다. 페인 감독은 최종 편집권을 가지고 있는데, 그는 모든 사람들의 의견을 경청한다. 하지만 최종적으로는 그가 옳다고 생각하는 것만 받아들인다. 에디터로서 그런 감독과 일할 수 있다는 건 축복이다.

리처드 피어슨 Richard Pearson

에디터

〈아이언맨 2〉〈고질라: 킹 오브 몬스터〉〈저스티스 리그〉
〈콩: 스컬 아일랜드〉〈말레피센트〉〈007 퀀텀 오브 솔러스〉
〈블레이즈 오브 글로리〉〈맨 인 블랙 2〉 등

Q 이런 질문을 그간 많이 받았겠지만 묻고 싶다. 어떻게 영화 산업에서 일하게 되었나? 그리고 그 많은 분야 중에서 어떻게 편집을 선택했나?

어릴 적부터 늘 필름 메이킹에 관심이 많았다. 도서관에서 슈퍼 8이나 8밀리미터 필름을 빌릴 수 있었는데, 그걸 집에 가져와서 현미경으로 보곤 했다. 나중에 집에 프로젝터가 생기고 나선 버스터 키튼 Buster Keaton 의 영화와 같은 코미디 영화를 빌려다 봤다. 앞뒤로 계속 돌려 보면서 어떻게 편집했는지 살폈다. 사람이 지붕에서 뛰어내리는 장면에서 뛰는 장면 다음에 중간을 건너뛰고 어떻게 바로 바닥에 떨어진 모습으로 잇는지와 같은 것 말이다. 그런 걸 살펴보면서 정말 즐거웠다.

고등학교를 거치고 대학을 가면서 TV 쪽에서 일하고 싶다는 의지가 더 강해졌다. 결국 내가 살던 미니애폴리스에 있는 한 TV 방송국에서 인턴으로 일하게 되었다. 작은 방송사였기에 이것저것 다 해야 했다. 사운드 리코딩과 편집을 배웠고, 촬영도 배웠다. 방송국 내의 일종의 작은 프로덕션에서 지역 광고나 다큐멘터리도 찍었다. 그렇게 한 2년 정도 일하다 문득 이건 내가 앞으로 내 인생의 남은 45년 동안 할 일이 아니라는 생각이 들었다. 작은 TV 방송국에서 일하는 것보다는 더 큰 야망이 있었다. 그 후 영화학교에 잠시 다녔는데, 그러다가 내가 진짜 해야 할 일은 지금 학교에 다니느라 쓰는 학비를 들고 L.A로 가는 거라는 걸 깨달았다. 아내와 미니애폴리스에서 결혼했고 우리 신혼여행은 L.A까지 차로 이사하는 걸로 대신하게 되었다.

Q   미니애폴리스에서 L.A까지 운전해서 갔다고? 아주

먼 거리인데 얼마나 걸렸나?

오래 걸리긴 했지만 우리에겐 그게 신혼여행이었기 때문에 굳이 서두르진 않았다. 캐나다를 거쳐서 서부 해안을 따라 내려가는 길을 택했었다. 그렇게 L.A에 도착해서 일을 찾기 위해 무작정 여기저기 문을 두드리며 처음부터 다시 시작했다. 그게 1988년이었다.

Q 나 역시 학교를 막 졸업하고 여기저기 이메일을 보내던 때가 생각난다. 그렇게 우리도 알게 되지 않았나. 정말 힘든 시기였다. 아는 사람이 하나 없었다.

제대로 아는 사람이 없을 땐 참 힘들다. 누군가를 아는 누군가를 아는 누군가… 이런 식으로 아는 사람이 몇 명 있긴 했었다. 하지만 불행히도 1988년 당시엔 한창 작가들이 파업 중이었다. 상황이 아주 안 좋았다. 연락이 닿았던 사람 중 한 명은 자기라면 지금 당장 이대로 짐을 싸서 다시 미니애폴리스로 돌아가 신발이나 팔거라고도 했을 정도였으니까.

다행히 〈돌연변이 혹성〉이라는 공상과학 코미디 영

화에 PAProduction Assistant로 운 좋게 자리를 하나 얻을 수 있었다. 촬영과 편집 양쪽에 관심이 있었는데 아직 둘 중에 뭘 해야 할지 확신이 없을 때였다. PA는 촬영 현장에서 일하는 포지션이다. 그런데 촬영장에서 일하면서 내가 원하는 건 촬영이 아니라는 걸 깨달았다. 촬영 현장에서 내가 하고 싶은 건 연출뿐이었다. 그때 난 편집을 해야겠다고 결정했다.

Q 한국에서 일하면서 미국과 다르다고 느낀 것 중 하나가 감독에게 처음 에디터스 컷을 보여 줄 때 신의 순서를 바꾸거나 대사를 바꾸는 걸 당연하게 여기고, 때로는 그런 걸 기대하기까지 한다는 점이다.

에디터스 컷을 할 때 감독과 이미 논의되지 않은 한 대사를 삭제 혹은 변경하거나 신의 순서를 바꾸는 등 구조를 건드리는 일은 하지 않는다. 왜냐하면 이 지점에선 감독이 자신이 처음 촬영에 나서면서 의도했던 것들을 그대로 볼 필요가 있기 때문이다. 뭔가 다른 아이디어가 있다면 따로 옆으로 빼놓았다가 나중에 보여 준다. 경험상 에디터스 컷 단계에서 에디터가 이리저리 마음대로 바꿔서 자기가 얼마나 똑똑한지 증명하려고 하는 건 안 좋은 생각이다. 감독은 먼저 자기가 생각했던 게 어떻게 보이는지 보고, 스스로 어떤 부분이 제대로 작동하고 어떤 부분이 아닌지 판단하고 싶어 한다. 좋은 감독들은 자기만의 강한 관점이 있다.

Q 〈원더우먼 1984〉나 〈콩: 스컬 아일랜드〉와 같이 VFX가 많은 부분을 차지하는 영화들을 편집했다. 이런 영화를 편집하는 건 다른 영화들과 어떻게 다를까? 편집하는 방식에도 영향을 미치나?

재밌는 게 뭐냐면 VFX가 많은 영화를 편집한다는 게 어떻게 다른지 잊어버리고 있었다. 그런데 이번에 VFX가 별로 없는 영화를 편집하는데, 어? 필요한 게 다 적혀 있는 거다(웃음).

VFX가 많은 영화와 적은 영화는 일하기 좀 다르긴 하다. VFX가 많은 영화를 편집할 땐 대개 프리 비주얼Pre-visual과 포스트 비주얼Post-visual을 쓰고, 심지어는 우리가 직접 핸드폰으로 필요한 걸 찍어서 사용하기도 한다. 필요할 땐 스토리보드를 쓰기도 한다. 〈콩: 스컬 아일랜드〉의 후반부는 대규모의 격투다. 당연히 그 큰 생명체들은 진짜가 아니고 촬영된 게 아니었다. 이럴 때 우린 상상력을 동원하는 거다. 그게 스토리보드건 내가 핸드폰으로 찍은 것이건, 가능한 모든 걸 동원해서 최선을 다한다.

이런 영화들은 긴 과정을 거쳐서 조금씩 발전한다. 처음엔 아주 거칠다. 촬영된 것들이 편집실에 도착하고, 그것들을 채워 넣으면서 발전해 나간다. '아, 여기선 콩이 이렇게 하는 게 더 낫겠군' 하고 깨닫게 되면 VFX 쪽에 "콩이 이렇게 자세를 취하는 걸 만들어 주겠어요?"라며 요청하기도 한다.

Q 애니메이션 작품을 편집하는 것과 비슷하게 들린다. 애니메이션에선 에디터가 처음부터 참여하고, 편집을 하면서 이런저런 필요한 숏들을 요청한다. 이 질문은 계획에 없었는데 얘기하다 보니 떠오른다. 감독이나 작가를 할 생각은 없나?

감독이 되고 싶진 않다. 지금 에디터로서 충분히 즐겁다. 촬영 현장에 갔는데 300명의 사람이 나 하나만 바라본다? 아, 상상하고 싶지 않다. 〈아이언맨 2〉를 편집할 때였다. 어느 날 촬영장에 갔는데 존 파브로Jon Favreau 감독이 세트장 앞 주차장을 가로질러 가고 있는 게 보였다. 그런데 그 뒤로 여섯 명 정도의 사람이 그를 졸졸 따라가고 있는 거다. 어떤 사람은 가발을 들고 있었고, 어떤 사람은 또 뭔가를 들고 그에게 보여 주고 있었다. 모두 감독에게 뭔가를 보여 주고 컨펌받기 위해 따라가고 있던 거다. 그리고 그들 모두 본인이 가장 급하다며 먼저 대답을 듣기 원했다. 감독이 되려면 이런 정신없는 상황을 어떻게 다룰지 잘 알아야 하는데, 난 그런 것에 관심이 없다. VFX가 많은 작품을 하게 되면 수많은 사람과 이야기를 하며 복잡한 상황을 다뤄야 하는데, 난 그걸로 충분하다.

Q 퍼스트 어시스턴트 에디터가 아무래도 그런 일을 많이 맡게 된다. 에디터가 감독과 편집하는 것에만 집중할 수 있도록 여러 부서 사람들과 커뮤니케이션을 하며 편집실을 운영하는 일을 하는 게 퍼스트 어시스턴트 에디터다.

아주 어려운 자리다. 난 운이 좋게도 션 톰슨Sean Thompson이라는 경험이 많은 아주 훌륭한 퍼스트 어시스턴트 에디터와 오래 일하고 있다. 편집실과 다른 부서 간의 소통 창구 역할을 하면서 에디터인 내가 편집에 집중할 수 있도록 해 준다.

난 어시스턴트 에디터가 원한다면 그들에게 편집할 수 있는 기회도 주려고 노력한다. 필름이 아니라 디지털로 편집을 하게 되면서 이게 더 쉬워졌다. 물론 자기 일이 있으니 스스로 정말 편집하길 원해야 한다. 대개 아침 일찍 오거나 늦게까지 남아야 가능한 일이니까.

Q 하루를 어떻게 시작하는지 얘기해 볼까? 편집은 촬영과 함께 시작된다. 촬영 기간 동안 편집실에 출근하면 가장 먼저 하는 일은 뭔가?

데일리스를 리뷰하는 일이다. 보통 어시스턴트 에디터에게 그날 들어온 데일리스 전체를 하나의 시퀀스에 올려 달라고 부탁한다. 솔직히 말해 숏을 하나하나 다 보는 건 아니다. 일단 빠르게 훑으면서 전체적으로 어떤 숏들이 있는지, 연기는 어떤지 파악한다. 아, 이런

투 숏을 찍었군, 마스터 숏은 이것과 이것 두 가지로 찍었군. 이런 것들을 빠르게 훑으면서 파악해서 머리에 넣어 놓는다.

이 과정을 끝내고 나면 바로 신을 편집하기 시작한다. 어떤 커버리지Coverage가 있는지 파악이 되었으니 신을 어떤 식으로 조립할지는 머릿속에 이미 정리가 되어 있다. 편집을 하다 가끔은 막다른 길에 들어서기도 하지만 이 일을 제법 오래 하다 보니 이젠 그런 일이 예전처럼 많지 않다. 하지만 내가 모든 숏을 제대로 보지 않는다고 오해는 하지 말기를 바란다. 여전히 모든 숏을 프레임 하나하나 빠지지 않고 확인한다.

특별히 복잡한 신인 경우엔 어시스턴트 에디터에게 특정 대사가 나오는 모든 테이크를 하나의 시퀀스로 묶어 달라고 부탁한다. 이렇게 하면 혼자 편집할 땐 물론이고, 감독이 특정 대사를 배우가 다른 테이크에선 어떻게 연기를 했는지 궁금해할 때 쉽게 보여 줄 수 있다.

Q 스탠 살파스Stan Salfas라는 에디터와 일할 때 그 역시 내게 그 작업을 부탁했었다. 모든 대사 별로 그 대사가 나오는 모든 앵글, 심지어는 대사를 하는 사람이 아니

라 그 대사가 나오는 순간 상대방을 비추는 숏, 그러니까 리액션까지 포함해서 대사별로 시퀀스를 만들어 모아 달라고 하더라.

액션이 중요하지만 리액션이 때로는 더 중요하다. 코미디에서는 더 그렇다.

Q 데일리스를 볼 때 특별히 머릿속에 염두에 두는 게 있나?

한 10년 전까지만 해도 세트에 있는 상영관이나 트레일러에서 감독과 함께 매일 데일리스를 봤다. 옆에서 감독의 반응을 본다든지 그와 이야기를 하면서 감독의 생각을 알 수 있는 좋은 시간이었다. 이젠 그렇게 하지 않는 게 아쉽다. 반면, 이를 위해서 하루의 꽤 많은 시간을 할애해야 하는 게 단점이기도 했다. 〈보우핑거〉라는 영화를 할 때였다. 원래는 유니버설 스튜디오에서 찍었는데 약 2주가량 롱 비치에 가서 촬영을 했다. 덕분에 감독과 데일리스를 보기 위해 매일 오후 5시 정도에 거기까지 운전해서 가야 했다. 1시간 30분 정도 걸리는 길을 말이다. 도착하면 약 1시간 30분 정도 되는 그날 촬영한 데일리스를 보고, 다시 1시간 30분 걸려 L.A로 돌아오곤 했다. 운전해서 가고 있는데 그날 데일리스 보는 스케줄이 취소되었다는 연락을 받은 적도 있었다. 이래저래 길 위에서 많은 시간을 보내야 했다. 하지만 감독과 함께 앉아서 데일리스를 보며 시간을 보낼 수 있던 건 분명 좋은 일이었다.

질문에 대한 대답을 안 하고 딴 얘길 길게 했다. 데일리스를 받으면 먼저 해당하는 신을 시나리오에서 찾아 다시 읽어 보고 데일리스를 보기 시작한다. 그렇게 감독이 시나리오에 글로 쓰인 어떤 부분을 실제 영상으로 어떻게 담으려고 했는지 생각한다. 뭔가 특정한 것을 크게 염두에 두고 분석하면서 보려고 하진 않는다. 특히 첫 번째 볼 땐 그저 즐기면서 본다. 숏이 어떤 식으로 구성되었는지 생각하면서 말이다. 이렇게 한 번 보고 나면 그다음에 배우의 연기에 정말 집중해서 다시 본다.

때론 셀렉션을 만들기도 한다. 특히 액션신을 편집할 땐 언제나 그렇다. 어떨 땐 액션 순서대로 만들기도 하고, 어떨 땐 제이슨 본이 오른쪽으로 커브를 돌 때, 혹은 브레이크를 밟는 인서트 등 특정 순간별로 만들기도 한다. 여러 가지를 모아 놓고 편집하면서 조금씩 필요 없는 것들을 버려 나가는 거다.

Q 데일리스를 보고 나면 이제 편집을 하는데, 어떤 식으로 신을 편집해 나가나?

TV 방송국에서 일할 때였다. 처음 촬영을 나갔는데, 그땐 촬영에 관심이 많았다. 이것저것 물어봤더니 함께 일하는 사람이 촬영을 하는 방식엔 두 가지가 있다고 내게 알려 주더라. 그림을 볼 때 전체를 보고 부분을 보는 방법이 있고, 반대로 부분들을 모두 보고 서서히 전체를 보는 방법이 있는 것처럼 촬영도 마찬가지라고 말이다. 이 말을 아직도 늘 간직하고 있다. 정확히 일치한다고 할 순 없겠지만, 관객에게 어떤 식으로 정보를 알려 줄 건지에 대한 고민과 어느 정도는 연관이 있다고 생각한다. 편집은 결국 특정한 이야기나 신이 어떻게 이야기되는지, 내 시점, 혹은 관점은 뭔지, 그리고 이걸 어떻게 관객에게 표현하는지에 대한 문제다.

Q 멋진 대답이다. 같은 질문을 다른 에디터들에게도

했는데 이런 질문에 정답은 없다. 매뉴얼이란 존재하지
않는다.

편집에 처방전은 없다. 만일 누가 '편집은 이렇게
하는 거고, 시작할 땐 늘 이렇게 하는 것'이라는 이야기
를 한다면? 난 절대 믿지 않는다.

Q 신을 하나 편집했다 하더라도 그 앞뒤에 오는 신과
붙이게 되면 편집이 바뀔 수 있다. 편집은 정해진 게 아
니라 계속 변하는 유기체와 같다.

항상 이 신이 영화 전체에서 어디에 있는지 생각해
야 한다. 이 시점에 인물이 뭘 알고 뭘 모르는지. A라는
인물이 B라는 인물에 대해 알고 있는데, 그 사실을 B는
모르고 있다고 생각해 보라. 이때 A는 B를 쳐다볼 수도
있고, 또는 안 볼 수도 있다. 누군가를 쳐다보지 않는 건
뭔가를 말하는 것보다 오히려 더 강력할 수도 있다. 이
런 모든 요소들을 고려해서 각 등장인물이 작품 전체의
흐름에서 그 순간 어느 위치에 있는지 따져 가며 편집을
해야 한다. 이걸 생각하는 게 어렵지 않다고 여길 수도

있다. 일반 관객은 잘 모를 수도 있는데 영화는 99.9%의 경우 시나리오 순서대로 찍히지 않는다. 오늘은 영화 전체에서 4분의 3 지점에서 발생하는 신을 편집하고, 내일은 두 등장인물이 처음 만났을 때를 편집해야 한다. 편집은 단숨에 되는 게 아니라 이런 긴 과정을 거쳐서 조금씩 완성되는 거다.

Q 가장 유명한 편집에 관한 책을 꼽으라면 월터 머치 Walter Murch의 《눈 깜박할 사이》(비즈앤비즈, 2010)를 꼽을 수 있다. 그 책에서 월터 머치는 자신만의 편집에 대한 규칙을 소개했다. 이건 그 후 영화를 공부하는, 특히 편집을 공부하는 사람들에게 때로는 바이블처럼 다가오기도 한다. 당신은 편집에 자신만의 규칙을 가지고 있나?

딱 규칙이라고 할 만한 건 없다. 기술적인 부분에서 늘 신경 쓰는 게 있긴 하다. 예를 들어, 다른 숏으로 넘어가기 직전에 인물이 눈을 깜빡이는 건 정말 못 참겠다. 꼭 그 순간에 편집이 이뤄져야 하면 VFX 에디터에게 인물이 두 프레임 정도 더 눈을 뜨고 있게 고쳐 달라고 한다. 그런 작은 것들이 있다. 대부분의 사람은 뭔가 이상하다고 느끼지만 정확히 뭐가 이상한지 모르는. 액션이나 동작에서 컨티뉴이티 같은 것도 규칙이라고 할 수 있다. 하지만 이런 모든 규칙이라 불릴 수 있는 것들은 반드시 지켜져야 하는 게 아니라 필요하다면 언제든지 깨질 수 있는 것들이다.

Q 액션을 언급하니 '본 시리즈'가 떠오른다. 본 시리즈는 매우 빠른 액션의 연속이다.

특별한 영화다. 촬영도 멋졌다. 촬영 초반에 촬영감독인 올리버 우드Oliver Wood와 데일리스를 볼 일이 있었다. 세컨드 유닛이 모스크바에서 찍은 카 체이스 신이었다. 폴 그린그래스Paul Greengrass 감독은 베리테Cinema Verite● 스타일을 가지고 있다. 숏이 진행되는 중에 줌으로 가까이 당기기도 해서 실제 이 순간이 '찍히고 있다'는 느낌이 들게 하기도 한다. 숏들이 굉장히 빠르고 흔들리고 그랬다. 함께 데일리스를 보고 있던 프로듀서 중 한 명

●   배우도 없고 세팅, 대본 그리고 연출조차 전혀 없는 영화를 말한다.

이 촬영감독에게 제발 세컨드 유닛 감독에게 트라이파드(삼각대)를 쓰라고 말해 달라 하더라. 나중에 상영관을 올리버와 함께 걷는데 그가 내게 슬쩍 말했다. 정말 멋졌다고. 절대 트라이파드를 쓰라고 하지 않을 거라고.

본 시리즈에서 말하는 컨티뉴이티는 사전적 의미의 컨티뉴이티라기보다는 특정한 순간에 관한 거라고 할 수 있다. 지금 딱 좋은 예가 떠오르진 않는데, 이런 식의 편집에 익숙해지는 데 시간이 좀 필요했다. 본 시리즈는 다른 종류의 다이내믹함을 가지고 있다. 같은 스토리텔링이지만 다른 폰트, 다른 타자기로 하는 스토리텔링이다.

Q 멋진 비유다.

그런가?(웃음) 이렇게 비유를 할까 말까 속으로 망설였는데. 서로 이야기하는 방식이 다른 영화들 사이를 오가는 건 꽤 흥미로운 경험이다. 〈본 슈프리머시〉를 끝내고 폴 그린그래스 감독과 함께 〈유나이트 93〉을 작업했다. 그 작품 다음 감독은 〈본 얼티메이텀〉을 시작했는데, 그즈음에 〈블레이즈 오브 글로리〉라는 아주 말도 안되는 코미디 작품의 편집 자리를 제안받았다. 〈본 슈프리머시〉와 〈유나이트 93〉을 연달아하고 나서 기분이 너무 우울해지고 있었기 때문에 〈블레이즈 오브 글로리〉를 하기로 했었다.

Q 흥미롭다. 보통 어떤 기준으로 작품을 선택하나? 감독? 아니면 이야기?

감독과 이야기 둘 다이다. 전에 함께 일한 경험이 없는 감독이더라도 시나리오가 마음에 들면 감독에 대해서 좀 더 알아보려고 노력한다. 어떤 감독들은 함께 일하는 게 고역인 사람들도 있다. 예전에 감독이 함께 일하기 너무 힘든 사람이어서 중간에 그만두고 싶었던 적이 있었다. 그때 내 에이전트가 내게 "그만두지 마. 그 감독이 이기게 하지 말라고."라고 하더라. 그 말을 듣고 끝까지 남아서 작품을 끝냈다. 지금 생각하면 그러길 잘했다. 그가 내게 그런 조언을 해 준 것에 고맙다. 그 경험을 바탕으로 작품을 선택하는 데 훨씬 더 신중해졌다. 어떤 프로젝트인지 뿐만 아니라, 그 프로젝트를 이끄는 사람들이 누구인지도 그에 못지않게 중요하다.

Q 내가 아는 어떤 감독은 좋은 사람들과만 작업하는 게 목표라고 한다.

좋은 말이다. 세상엔 좋은Nice 사람과 착한Good 사람이 있다. 안타깝지만 좋은Nice 사람이 늘 자기 일을 잘하는 건 아니다. 그래서 일할 때 어느 정도의 마찰은 환영한다. 감독과 내 의견이 다를 때 격렬히 토론한다. 하나로 좁혀지지 않을 땐 감독의 의견을 따르지만 늘 내 의견을 감독에게 알린다. 그게 우리 에디터가 고용되는 이유니까.

Q 우리 대화가 이제 막바지인데, 이쯤에서 큰 질문 하나 하겠다. 편집이란 뭐라고 생각하나?

편집이 뭐라고 생각하냐고?

Q 정답이 없다는 건 안다. 당신이 어떻게 생각하는지 궁금하다.

흔히 편집은 마지막 퇴고라고 한다. 시나리오가 있

고, 그 시나리오에 따라서 촬영한다. 그러고 나서 촬영된 것들을 에디터가 모두 모아 이야기를 만든다. 시점을 만들고, 음악과 효과음을 넣고, 그렇게 감독이 말하고자 하는 이야기를 만든다. 이때 여기서 이 숏을 쓰고, 여기서 멈추고, 여기서 여기로 넘어가고 등 하나하나 지시하는 감독도 있지만 기본적으론 이런 지시 없이 에디터가 이야기를 만들기 시작한다. 에디터를 고용할 땐 그 에디터가 그만의 관점을 가지고 와서 이야기를 만드는 데 힘을 더한다는 동의가 있는 거다. 물론 에디터와 감독은 서로 의견을 주고받으며 함께 일한다. 이렇게도 해 보고, 저렇게도 해 보면서 길을 찾는다. 에디터는 참 많은 일을 하는 사람이지만 핵심은 스토리텔러라는 점이다.

Q 참 좋은 지적이다. 밤이 늦었다. 마지막으로 그런 일을 하는, 그리고 하고자 하는 미래의 에디터 후배들에게 조언을 해 주겠나?

이 일은 끈기가 필요하다. 계속 배우고 앞으로 나아가려는 의지가 있어야 한다. L.A에서 드라마 일을 하기 전에 뮤직비디오와 광고 편집을 했다. 내가 드라마 편집을 하겠다고 했을 때 모두들 뮤직비디오에서 TV 드라마로 옮기는 건 불가능하다고 했다. 하지만 난 계속 노력했고, 결국 성공했다. 그렇게 2년 정도 TV 드라마를 하다가 이번엔 영화가 하고 싶어졌다. 사람들은 다시 전과 똑같은 말을 했다. TV에서 영화로 옮기는 건 불가능하다고. 난 미친듯이 영화가 하고 싶었기 때문에 다시 엄청난 노력을 했다. 그리고 지금에 이르렀다. 그런 끈기가 필요하다. 고집스럽게 계속하는 끈기 말이다. 쉽진 않다. 그렇게 노력하다 보면 성공하거나 엉망진창이 되거나 둘 중 하나다. 엉망진창이 되더라도 괜찮다. 최소한 한 단계 앞으로 나아가 있는 자신을 발견할 수 있을 것이다.

크리스토퍼 라우즈 Christopher Rouse
에디터

〈콰이어트 플레이스 2〉〈분노의 질주: 홉스 & 쇼〉
〈한 솔로: 스타워즈 스토리〉〈본 슈프리머시〉〈본 아이덴티티〉 등

Q 많은 사람이 편집이 뭔지, 그리고 에디터가 어떤 일을 하는지 제대로 이해하지 못한다. 반면 감독이나 촬영 감독이 어떤 일을 하는지는 상대적으로 더 이해하는 편이다. 아카데미 시상식에서 편집상 시상 장면을 홀대한 때도 있었는데, 아마도 이게 일반 관객에게 편집이라는 분야의 위치가 어떤지 그 현실을 보여 준다고 할 수 있을 것 같다.

흥미로운 건 심지어 프로덕션에 있는 사람들도 우

리가 뭘 하는지 잘 모르는 경우가 참 많다는 사실이다. 촬영장에서 자신들이 촬영하고, 그게 우리에게 전달되고, 우린 그걸 받아서 그냥 자연스럽게 이어 붙이기만 한다고 생각한다. 그들은 그 과정에서 우리가 얼마나 많은 문제를 풀어야 하는지 모른다.

Q 자, 그럼 하나씩 이야기해 보자. 나는 언제나 다른 에디터들은 데일리스를 어떻게 보는지 궁금하다. 어떤 사람은 한 테이크씩 보고, 어떤 사람은 모든 테이크를 타임라인에 올려서 캠롤 형식으로 보기도 하는데, 어떤 방식을 쓰나?

작품에 따라 다르지만, 일반적으로 한 테이크씩 하나하나 본다. 그렇게 보면서 두 가지를 하려고 하는 편이다. 하나는 메모를 한다. 다만, 다른 에디터들과 다른 점은 별도의 종이에 메모를 하는 게 아니라, 아비드 내에서 각 테이크에 마커를 찍고, 거기에 메모를 남기는 방식을 택한다. 또 다른 한 가지는 보면서 필요하다고 생각되는 부분은 바로 그 자리에서 따로 모아 놓는다. 이 두 가지 일을 하면서 데일리스를 보기 때문에 다소 시간이 오래 걸리는 편이다.

Q 데일리스를 보면서 마음에 드는 부분을 하나의 타임라인에 따로 모아 놓는 것에 대해서 좀 더 이야기해 달라.

　내 나름의 셀렉션을 만든다. 종류라고 해야 하나? 만드는 방식은 여러 가지다. 카메라 앵글을 기준으로 정리하기도 하고, 어떨 땐 특정한 비트beat를 중심으로 나누기도 한다. 예를 들어 액션 시퀀스라면 해당 시퀀스에서 어떤 특정한 순간들을 기준으로 모으는 식이 될 수도 있다. 이런 작업을 하면서 데일리스를 보기 때문에 다른 사람들보다 데일리스를 보는 데 시간이 오래 걸리는 편이다. 나에겐 이렇게 데일리스와 어떤 피지컬한 상호작용을 하는 게 도움이 된다. 앉아서 그냥 보기만 하는 것보다는 이렇게 능동적으로 내가 보는 것과 일종의 대화를 함으로써 데일리스를 더 제대로 이해할 수 있고, 어떤 식으로 편집을 진행할지 더 빠르게 머릿속에서 정리할 수 있다.

Q　데일리스를 보면서 머릿속에 특별히 따로 염두에 두고 있는 건 있나?

　작품에 따라, 혹은 어떤 시퀀스냐에 따라 다르다는 말을 다시 해야겠다. 언제나 다르다. 물론 모든 것의 핵심엔 결국 캐릭터와 스토리가 있다. 데일리스를 보면서 데일리스가 내게 어떤 말을 하는지 귀 기울인다. 현장에서 찍힌 것들에 완전히 몰입해서 이것들이 나를 어디로 이끄는지 생각한다. 내가 이것들을 어디로 내 의지로 이끌려고 하기보다는 말이다.

Q　어떻게 편집하느냐는 어떻게 찍혔느냐에 좌우된다고 할 수 있을까?

　어느 정도는 그렇다고 볼 수 있다. 매우 계획적인 감독의 작품일 땐 촬영된 것만 봐도 어떻게 편집이 될지 알 수 있다. 촬영이 곧 거의 편집이라고 볼 수 있을 정도다. 그들은 마스터 숏을 딱 필요한 만큼만 촬영하고, 그다음 이어질 커버리지 촬영으로 바로 넘어간다. 그래서 난 감독과 충분한 시간을 함께하면서 시나리오에 관해서 이야기하고, 감독이 어떤 비전을 가지고 있는지 들으려 노력한다. 감독이 어떤 비전을 가지고 있는지 아는 건 중요하다. 내가 하는 일은 결국 그 비전을 구현하는 걸 도와주는 것이기 때문이다.

Q 그 과정에서 시나리오와는 다르게 편집해야 하는 경우도 생길 텐데.

에디터스 컷을 만드는 과정에서 시나리오와 조금 다르게 편집하고 싶은 나만의 아이디어가 떠오를 땐 먼저 감독에게 연락해서 이에 관해 이야기를 나눈다. 감독이 어떤 특정한 의도를 가지고 촬영을 했다 하더라도, 그것이 일단 찍히고 나면 그 결과물은 계속해서 진화한다. 즉, 촬영장에서 '이럴 거야' 하고 생각했던 것도 막상 찍고 나서 보면 그게 아닐 때가 있다. 편집실에선 촬영장에서 가지고 있던 의도에만 너무 얽매이지 않고 열린 마음을 가져야 한다. 감독이 원하는 것을 따르지만, 만일 내 본능이 좀 더 흥미롭게 감독의 비전을 구현할 방법이 있다고 외치면 그 목소리에 귀를 기울인다. 설사 당장 그게 실패로 돌아가더라도 그런 시도들을 통해서 더 흥미로운 아이디어들을 계속 찾을 수 있다.

Q 처음 일을 시작할 때 에디터스 컷을 작업할 땐 어쩔 수 없는 상황이 아니라면 찍힌 것을 그대로, 그러니까 신의 순서를 내 마음대로 바꾼다든지, 어떤 대사를 내 마음대로 들어낸다든지 하지 말라고 배웠다. 감독에게 시나리오에서 글로 쓰인 것이 실제 영상으로 바뀌었을 때 어떤지 보여 주어, 그로 하여금 스스로 작품의 어떤 부분이 잘 작동하고, 어떤 부분이 작동하지 않는지 판단할 기회를 주기 위함이다. 처음 한국에 돌아와서도 그런 방식을 유지했다. 그런데 감독이나 프로듀서의 반응을 보니 혹시 그들에게 내가 일을 열심히 하지 않는다는 인상을 주고 있는 건 아닌지 하는 걱정이 들었다.

아주 미묘한 부분이다. 감독은 에디터의 관점을 원한다. 그게 우리가 고용되는 이유다. 그게 아니라면 그저 키보드를 누를 줄 아는 침팬지를 고용하겠지. 감독이 에디터가 가지고 있는 그만의 관점을 원하긴 하지만, 그걸 얼마나 많이 원하느냐는 다른 문제다. 어떤 감독은 조금만 원하고, 어떤 감독은 많이 원할 것이다.

세상엔 여러 종류의 감독이 있다. 어떤 감독은 한 프레임 한 프레임 정확히 자기가 원하는 것을 요구한다. 어떤 프레임에서 컷을 하고 어떤 프레임으로 들어갈지 정확히 따지는 감독이 있다. 반면, 어떤 감독은 그런 것보다는 스토리와 캐릭터에 관해서 큰 그림에 더 관심이 있고, 다른 부분은 에디터의 경험과 눈에 맡긴다. 그런 감독에겐 큰 관점에서 이야기와 캐릭터 문제가 어떤 대사에서 클로즈 업을 써야 하는지보다 중요한 것이다.

특정한 신이 어떤 특정한 방식으로 구성되어야 한다는 선입견 혹은 특정한 부분에 지나치게 매달리다 보니 때론 더 큰 문제를 간과하는 감독들을 보았다. 이들은 잠깐 뒤로 한 걸음 물러나서 다시 한번 생각할 필요가 있다. 폴 그린그래스 감독과 여러 차례 작업했다. 그는 정말 여러 면에서 너무나도 훌륭하다. 그에게서 참 많은 것을 배울 수 있었다. 그는 촬영 중 뭔가 제대로 작동하지 않는 걸 느끼면 시나리오에 얽매이지 않고 민첩하게 상황에 적응하여 그 신을 더욱 강력하게 표현할 방법을 찾는다. 그리고 그는 언제나 내가 시나리오 그대로 편집하는 것보다는 그 외의 것을 기대한다. 물론 언제나 시나리오에 충실한 버전을 편집한다. 필요한 경우 그

곳으로 돌아가기 위함이기도 하다. 하지만 폴 그린그래스 감독이 훨씬 더 관심 있는 것은 작품을 더욱 강력하게 만들 수 있다고 내가 생각하는 버전이다. 그게 신을 완전히 뒤집는 것이든 뭐든 그는 내가 베스트라고 생각하는 버전을 보고 싶어 한다. 감독이 그걸 보고 완전히 채택하진 않더라도, 그 속에서 우리는 함께 어떤 부분이 좋고 어떤 부분이 부족한지 그런 것들을 끊임없이 이야기한다.

Q 편집은 일반인들이 생각하는 것 이상으로 협업의 과정이다. 당신과 폴 그린그래스 감독이 일하는 방식이야말로 멋진 협업이라고 느껴진다.

그가 일하는 방식은 매우 용감하고 멋진 방식이며, 또한 동료를 끌어안고 함께하는 방식이라고 느낀다. 누군가와 함께 일할 땐 모두가 협업자가 된다. 함께 일하는 사람의 경험과 예술성, 그런 모든 것을 받아들이고 함께 일하는 것이다. 에디터로서 한 번쯤은 내가 그저 키보드를 누를 뿐 그 이상을 하는 건 아닌 것 같다는 느낌을 받은 적이 있을 거다. 내 의견을 듣지 않을 게 뻔하니 속으로 오늘 저녁은 뭐 먹나 하는 생각이나 하는 거다. 훌륭한 감독은 배우는 물론 모든 스태프가 자신이 작품에 참여하고 있다는 느낌을 갖게 한다. 편집실에서는 더 말할 것도 없다. 에디터를 포함한 모든 편집팀 멤버들과 함께 이야기하고 고민한다.

이건 내가 편집팀을 운영하고자 하는 방식이기도 하다. 어시스턴트 에디터를 비롯해 뮤직 에디터, 비주얼 이펙트 에디터 등 모든 사람과 나는 협업하는 동료들이다. 함께 손을 잡고 앞으로 나아가는 것과 같다. 내게 모든 좋은 아이디어가 있는 게 아니다. 내가 맞는 만큼 틀린 경우도 많다. 중요한 건 모든 사람이 자신의 의견이 존중된다는 느낌, 그리고 이 작품에 내가 뭔가 이바지하고 있다는 느낌이 들도록 하는 것이다. 이건 그들에게는 물론 내게도 좋은 일이다. 그들에게서 많은 걸 배울 수 있기 때문이다. 편집팀의 가장 막내에게서도 언제나 배울 점이 있다. 자존심, 혹은 자만심은 편집실 밖에 두고, 편집실에 들어서면 오로지 작품에 어떤 게 도움이 되는지, 내가 이들에게 무엇을 배울 수 있는지만을 생각한다. 다른 사람들이 하는 말은 무조건 다 한다는 말은 아니다. 그들의 의견에 늘 열린 자세를 유지한다는 의미다. 함께 일하는 사람을 존중하는 마음. 이게 영화를 더 멋지게 만든다.

Q 많은 사람이 에디터는 어두운 방에서 혼자 키보드를 두드리는 직업이라고 생각한다. 그게 내 아이들이 생각하는 아빠가 일하는 모습이기도 하다. 그럴 때 난 에디터는 그저 혼자 일하는 것만이 아니라 감독이나 다른 여러 사람과 함께 협업하는 자리라는 걸 설명하곤 한다.

그렇다. 편집은, 그리고 영화는 협업의 예술이다.

Q 어두운 방에서 혼자 웅크리고 있는 모습이야말로 에디터에 대한 가장 잘못된 인식이다.

그렇다. 뭐, 사실 때로는 그렇게 어두운 방에 있는 게 사실이긴 하지만.

Q 에디터에 대한 가장 큰 오해는 뭐라고 생각하나?

아마도 에디터가 작품에 얼마나 많은 부분을 차지

하는지에 대한 무지다. 영화가 자라고 진화하는 과정에서 에디터는 마치 아이가 일어서고 걷고 뛰는 걸 돕는 부모 역할을 한다. 하지만 많은 사람이 에디터는 그저 다른 누군가 하는 지시를 따라 그대로 하는 사람일 뿐이라고 생각한다. 물론 다른 사람의 지시대로 해야 하는 부분도 당연히 있다. 하지만 그건 에디터가 감독이나 다른 사람들과 끊임없이 나누는 대화와 상호작용의 중요성을 너무나도 간과해 버리는 일이다. 에디터로서 때로는 함께 일하는 다른 사람들이 길을 잃고 어려워할 때 그들을 안내하고 끌어 줘야 한다.

음악을 예로 들어 보자. 작곡가가 음악을 보내기 시작하면 그때부턴 감독은 물론 작곡가와 무척 많은 대화를 나누며 함께 일한다. 이 음악이 맞는 톤인지, 올바른 순간에 제대로 연주가 되는 건지 등에 관해 이야기한다. 사운드 이펙트도 마찬가지다. 난 특히 음악과 함께 편집할 땐 세세한 부분들에 매우 집착하는 편이다. 그렇다고 음악에 맞춰서 편집한다는 의미는 아니다. 액션 시퀀스를 편집할 땐 사운드 없이 먼저 편집하고 나중에 사운드를 넣기도 한다.

Q 소리 없이 액션신을 먼저 편집하고 나중에 사운드를 넣는다는 부분이 흥미롭다. 대화신도 소리 없이 편집해 본 적이 있나?

대화신에서는 조금 다른 방식을 쓴다. 일반적으로 먼저 대화를 들으면서 편집한다. 그리고 신이 완성되고 나면 소리를 끄고 신을 본다. 머릿속에는 이미 그들이 무슨 말을 하는지, 어떤 일이 벌어지고 있는지 알고 있다. 여기서 내가 알고 싶은 건 과연 비주얼적으로도 이야기가 전달되는지다. 비주얼적으로 감정이 전달되는지를 유심히 살핀다. 신 단위로만 이런 과정을 거치는 게 아니라 릴 단위로 이렇게 본다. 그리고 때로는 영화 전체를 이렇게 소리 없이 보기도 한다. 그렇게 하면 소리 없이 비주얼만으로 스토리텔링이 제대로 이루어지는지를 파악할 수 있다.

Q 나도 사운드 없이 한 신 정도를 편집하는 방식은 사용하곤 하지만 영화 전체를 그렇게 본다는 건 생각해 보지 못했다.

참을성이 필요한 일이다. 사실 이런 방식을 사용하기 시작한 건 누군가 이렇게 해 보라고 권하거나 해서가 아니다. 20대일 때 함께 살던 여자친구가 잠을 일찍 자는 편이었다. 그런데 난 영화를 보고 싶었다. 여자친구를 깨울 수는 없으니 어쩔 수 없이 TV 소리를 줄인 채로 영화를 보곤 했는데, 이게 아주 좋은 훈련이 되었다.

Q 신의 첫 숏과 마지막 숏은 어떻게 결정하나?

오래 전 TV 드라마에서 어시스턴트 에디터로 일할 때였다. 그땐 아직 필름으로 편집하던 시절이다. 함께 일하는 에디터에게 내가 직접 편집할 수 있는 게 있는지 늘 묻곤 했다. 처음 그가 내게 준 신은 지금의 나라면 별로 시간이 걸리지 않을 아주 간단한 전화 대화신이었다. 하지만 그땐 다소 지나칠 정도로 고민을 많이 했다. 어떤 캐릭터부터 시작하지? 신은 어떻게 시작해야 하지? 어떻게 대화를 끝내지? 이런 질문들을 자신에게 끝없이 했다. 거기에 어떤 확실한 대답이 있을 거라 생각했기 때문이다.

세월이 흐르면서 우리는 계속해서 끊임없이 변화하는 걸 다룬다는 사실을 깨닫고 많은 부분에서 좀 더 자유로워졌다. 매번 편집할 때마다 영화는 조금씩 진화하고 변화한다. 이것과 저것을 붙이는 데엔 무한한 방법이 있고, 그중 '올바른 방법'이란 건 존재하지 않는다. 감독이 원하는 방법이 있을 수 있고, 그와 다른 프로듀서가 원하는 방법이 있을 수 있다. 또 스튜디오가 원하는 방법이 따로 있을 수도 있다. 하지만 거기에 '올바른' 방법이란 건 없다. 이걸 깨닫기까지 오랜 시간이 걸렸다. 그중에 '최고의 방법'이 있을 것이라 생각했기 때문이다.

'최고의 방법'이란 게 과연 뭘까? 우리가 테이블을 사이에 두고 마주 보고 앉아 있는 걸 찍은 신이 주어졌다고 가정해 보자. 우리가 어디에 있는지 먼저 보여 주는 게 합리적인 방법일 수 있다. 먼저 와이드 숏으로 우리 둘을 함께 보여 주고, 대화가 진행되는 동안 각자의 감정에 맞추어 조금씩 가까이 다가가는 방법을 생각해 볼 수 있다. 클래식한 방법이다. 혹은 이런 방법도 있다. 내가 마시는 컵의 클로즈 업 인서트로 시작한다. 우리가 어디에 있는지는 모른다. 그때 내가 누군가에게 말하기 시작하지만, 관객은 아직 내 상대방이 누군지 모른다. 내 말이 끝나갈 즈음 마침내 상대방이 보이고 관객은 그게 바로 당신이란 걸 알게 된다. 둘은 모두 관객이 신을 발견해 나가는 다른 방식일 뿐 어느 한쪽이 맞고 다른 한쪽이 틀린 게 아니다.

시간이 갈수록 여러 가능성에 좀 더 마음이 열렸고, 편집은 하나의 큰 '과정'이라는 걸 깨닫고 있다. 실수에 대한 걱정, 별로 좋지 않은 편집을 하는 것에 대한 걱정 같은 것들이 줄어들었다. 그런 마음이 크리에이티브한 부분에서 날 좀 더 자유롭게 만들었다. 이 모든 건 하나의 탐험이고 찾아가는 과정이라는 걸 알면 결국 어느 순간엔 내가 원하는 혹은 나와 함께 일하는 사람이 원하는 곳에 도달한다.

Q 본 시리즈에 대해서 질문해 보겠다. 이 시리즈는 관객은 물론 영화를 만드는 사람에게도 엄청난 영향을 주었다. 내 기억이 맞다면 시리즈 첫 번째인 〈본 아이덴티티〉에 에디셔널 에디터Additional editor로 참여하면서 당신의 이 시리즈와의 긴 여정이 시작되었다.

톰 행크스Tom Hanks가 제작에 참여했던 HBO의 〈지구에서 달까지〉라는 시리즈가 있다. 미국이 달에 가기 위해서 노력하는 과정을 담은 시리즈인데, 세 명의 에디터가 각각 네 편의 에피소드를 편집했다. 내가 그중 한 명이었다. 내가 편집을 맡은 첫 번째 에피소드의 감독은 프랭크 마샬Frank Marshall이었다. 그의 아내는 캐슬린 케네디Kathleen Kennedy고, 후에 스티븐 스필버그와 함께 제작사 앰블린Amblin을 설립했다. 프랭크와 함께 일하면서 우리 둘이 참 잘 맞는다는 걸 서로 느꼈다. HBO 시리즈가 끝나고 얼마 지나지 않아 그의 제안으로 1998년 나가노 올림픽에 대한 프로젝트를 진행했다. 그 후 프라하에서 안네 프랑크에 대한 미니시리즈를 편집 중이었는데 마침 〈본 아이덴티티〉가 그곳에서 촬영 중이었다.

재밌게도 그 영화의 감독인 더그 라이만Doug Liman이 내가 머물던 숙소 바로 윗집으로 왔고, 그 옆 방에 프랭크 마샬이 머물고 있었다. 셋이 어느 날 함께 저녁을 먹는데 더그 라이만이 내게 이 작품이 끝나고 다른 계획이 있느냐고 물었다. 아직 계획된 건 없고 작품을 찾고 있다고 하니 그럼 함께 일하자고 하더라. 그렇게 〈본 아이덴티티〉에 처음 참여하게 되었다. 〈본 아이덴티티〉는 정말이지 무척 흥미로운 작품이었고 많은 걸 배울 수 있었다. 당시 난 독일에 살고 있었는데, 한동안 이 작품에서 일하다가 독일로 다시 돌아가 있을 때였다. 더그 라이만이 파리에서 추가 촬영을 할 예정인데 와서 얘기 좀 하자고 하더라. 갔더니 〈본 아이덴티티〉로 돌아와서 손을 좀 더 보탤 수 있느냐고 물었고, 당연히 그렇게 하겠다고 대답했다. 촬영이 끝난 후 L.A로 가서 두어 달 정도 편집에 참여했다.

이 작품 이후로 더그 라이만이 떠나고 폴 그린그래스 감독이 시리즈에 들어왔다. 폴은 그때까지 영국에서 작업을 했고 미국 에디터와 일해 본 적이 없었다. 라이만이 나를 그에게 추천했고 전화로 몇 시간 동안 대화를 나눴다. 그렇게 다시 본 시리즈에 참여하게 되었다.

Q 이후 당신과 폴 그린그래스 감독은 본 시리즈뿐 아니라 다른 여러 작품에서도 함께했다.

꽤 많이 했다. 몇 작품을 함께했는지 기억도 안 난다. 그와는 여전히 매우 가깝게 지내고 있다.

Q 본 시리즈의 마지막 작품인 〈제이슨 본〉의 시나리오를 공동 집필했을 뿐 아니라 꾸준히 글을 쓰는 것으로 안다.

아버지가 시나리오 작가라 늘 글 쓰는 분위기 옆에서 자랐다. 편집과 글쓰기는 비슷하다. 달리 말하자면, 편집은 결국 영화로 글을 쓰는 것이라고 말할 수 있다. 글 쓰는 게 즐겁다. 시부터 단편 소설까지 여러 가지 다른 글을 쓴다. 지금 내 컴퓨터는 수많은 형편없는 시나리오로 가득하다. 요새 나이가 들면서 편집은 줄이고 글쓰기를 좀 더 하고 있다.

Q '본 시리즈'에서 찾을 수 있는 전형적인 장면 중 하나는 본을 비롯한 에이전트들이 활동하는 현장과 이를 모니터링하면서 에이전트들에게 지시하는 컨트롤 룸이 쉴 새 없이 교차하는 장면이다. 두 가지를 질문하겠다. 이런 시퀀스는 시나리오에 쓰인 그대로인가? 한쪽에서 다른 쪽으로 넘어갈 때 어떻게 결정하나?

작품과 시퀀스에 따라 다르다. 시나리오에 이미 꽤 그런 식으로 구성되어 있던 적도 있었고, 그렇지 않던 때도 있었다. 어느 경우든 시나리오에서 많이 변했다. 사실 어느 한쪽에서 다른 쪽으로 넘어가는 동기를 만들어 주기 위해 ADRAutomated Dialog Replacement *을 많이 사용했다. 시퀀스에서 중요한 비트들은 시나리오에 단계에서 구성되었지만 교차편집은 꼭 그렇지 않았다고 할 수 있다.

Q   교차편집의 경우 A에서 B로 넘어갔다가 다시 A로 넘어온다고 생각해 보자. 이때 우리가 두 번째로 보는 A의 이야기는 처음보다 어느 정도 앞으로 진행된 상황이어야 한다는 주장이 있다. 어떻게 생각하나?

　　기본적으로 그렇길 바랄 것이다. 하지만 사실 그중 많은 부분에서 그냥 넘어갈 수도 있다. 작품이, 이야기가 진행되면서 관객은 모든 세세한 순간에 조금씩 덜 신경 쓰게 된다. 편집이 하는 많은 일 중 하나다. 그냥 생각하기엔 '오, 이건 정말 절대 그냥 넘어가지 못할 거야'라는 것도 관객이 전체 이야기, 그리고 인물의 감정에 몰입하면 별문제 없이 그냥 넘어간다. 관객이 이야기에 감정적으로 연결되는 순간 관객은 분석적으로 영화를

●　후시 녹음, 화면을 먼저 촬영한 후 그 화면에 맞게 대화나 음악 따위를 녹음하는 일

보는 게 아니라 전혀 다른 방식으로 영화를 경험한다. 크게 말해서 일단 이 질문엔 그렇다고 대답하겠다. 각각의 섹션은 다음 섹션으로 넘어가면서 조금씩 긴장감, 감정 등을 쌓아 나가야 한다. 마치 음악의 크레센도처럼.

Q 본 시리즈는 그 후에 온 액션 영화들에 무척 많은 영향을 끼쳤다. 많은 액션 영화들이 본 시리즈의 빠른 편집, 흔들리는 카메라와 같은 특징을 따라 했다. 액션 시퀀스는 처음부터 그런 식으로 구성되었던 건가, 아니면 편집 과정에서 그런 방식이 작품을 위해 좋겠다고 발견한 건가?

둘 다이다. 촬영은 당연히 처음부터 그렇게 되었다. 첫 번째 본 영화인 〈본 아이덴티티〉는 그 후 시리즈의 다른 영화들에 비해 생각보다 과감하고 공격적으로 편집되지 않았다. 하지만 이 첫 번째 영화가 시리즈 전체의 톤을 정한 건 사실이다.

폴 그린그래스 감독은 촬영에서 롱 렌즈와 줌을 매우 적극적으로 사용했다. 편집을 하면서 감독과 많은 이야기를 했다. 특히 함께 작업한 첫 번째 작품인 〈본 슈프리머시〉에서 많은 이야기를 함께 나눴다. 제이슨 본이라는 인물에게 가장 중요한 건 그가 늘 의문을 가지고 있다는 것이다.

시리즈 전체에서 본은 자기 자신이 누구인지에 대한 의문을 풀고 대답을 찾기 위해 동분서주하는 인물이다. 대답을 찾기 위해 앞으로 나아가려 하지만 문제는 늘 해결되지 않는다. 매우 불안한 상태, 갈등이 지속한다. 캐릭터의 이러한 상태를 편집적으로 보여 줄 수 있는 스타일을 갖는 게 중요했다. 그렇게 해서 선택한 방법들은 다른 작품이라면 하지 않았을 것들이다. 예상치 못한 방식으로 예상치 못한 순간에 편집이 일어난다. 그리고 그 순간 관객은 뭔가 리듬이 이상한 느낌을 받는다. 그런데 그게 바로 본이다. 본은 주변과 어울리지 않고, 심지어는 그 자신과도 뭔가 괴리가 있다. 또한, 가끔 그냥 본능에 따라 어떤 방식이 매우 멋지고 신선하다고 느껴질 때가 있다. 에디터로서의 본능이 그렇게 말할 때가 있다.

Q 한 작품에 혼자 에디터로 참여할 때도 있었고, 다른 에디터와 공동 편집으로 참여한 적도 있었다. 이 둘을 비교하면 어떤가?

다른 에디터와 함께 작업한다는 건 그 에디터에 따라, 그리고 작품에 따라 흥미로운 경험이다. 다른 에디터와 나의 상호작용에 따라 새로운 경험이 된다. 어떤 에디터가 이미 편집 중인 작품에 다른 관점을 위해 나를 부르는 경우가 있다. 이럴 땐 잠시 혼자 일할 수 있도록 요청한다. 그러고 나서 결과를 함께 보며 그들이 좋아하는 걸 택하고 그렇지 않은 건 버릴 수 있게 한다.

처음부터 여러 명의 에디터가 함께 작품을 시작하는 때도 있다. 이건 매우 특별한 경험이다. 만일 함께 일하는 에디터가 평소 내가 좋아하고 존경하는 에디터라면 더할 나위 없다. 앞의 경우와 마찬가지로 이 경우에도 쓸데없는 자존심은 편집실 밖에 버려 두고 열린 마음을 갖는 게 중요하다. 물론 이게 때론 어렵다. 아무리 내가 존중하는 사람들과 일한다고 하더라도 그들과 내가 보는 게 다를 수 있기 때문이다. 그들의 말에 동의할 수도 동의하지 않을 수도 있다. 하지만 이럴 때도 여전히 우리가 같은 목적으로 향하고 있다는 걸 기억해야 한다. 어느 한쪽이 공식적인 상급자로서 컨트롤하는 사람이 아니라면 누가 무엇을 하는지 서로 균형을 맞춰 가는 게 중요하다. "이 신은 내가 할 테니 저 신을 네가 하는 게 어때?" "아, 넌 이런 걸 정말 잘하니까 이 신은 네가 하는 게 내가 하는 것보다 훨씬 나을 것 같아." 이런 식으로 말이다.

자기가 모든 걸 통제하겠다는 이기심을 버려야 한다. 인생은 물론 영화 같은 예술 장르에서 무언가를 통제한다는 것에 대한 중요성은 과대평가되어 있다. 뭔가를 통제하면 그건 또 다른 통제에 대한 문제를 불러일으킨다. 특히 통제할 수 없는 걸 통제하려고 할 땐 더욱 그렇다.

다른 사람과 협동하는 것, 자기가 하는 일을 믿고 함께 일하는 사람들이 재능 있는 사람들이란 걸 믿을수록 혼자라면 이룰 수 없는 것들, 생각할 수 없는 것들을 만들어 내 작품에 이바지할 수 있게 된다. 이렇게 함께 일하는 건 엄청난 경험이다. 모두에게서 배울 수 있다. 아침에 일어나 일하러 가면 매일 누군가로부터 뭔가를 배울 수 있다. 그게 감독일 수도, 프로듀서일 수도 있다. 다른 에디터, 어시스턴트 에디터, 혹은 편집실을 청소해 주는 청소부일 수도 있다. 뭔가 배울 수 있다면 그거야말로 성공이다.

나의 세상을 조금이나마 넓힐 수 있다면

글을 쓰고 이것들이 모여 책으로 나오기까지 제법 시간이 흘렀다. 요즘 세상 어디나 마찬가지겠지만 내가 종사하는 이 분야도 많은 것이 빠르게 변했다. 또, 그 사이 내 경험이 쌓이고 시야가 넓어지면서 생각이 바뀐 것들도 있다. 그러한 모든 것을 바로 잡아야 하는 게 아닐까 고민했지만 그대로 두기로 했다. 여기에 실린 글은 당시 내 생각과 경험, 그리고 상황을 기록하기 위함이기 때문이다.

  이 책을 쓰면서 많은 비슷한 종류의 에세이를 들춰

보았다. 도대체 프롤로그와 에필로그엔 뭐라고 쓰는지 감이 안 잡혀서였다. 다들 에필로그엔 꽤나 멋진 여운이 남는 글을 남긴다. 나는 어떤 말을 이 책의 마지막에 남길지 고민했는데, 아무리 고민해도 떠오르는 건 가족들에게 갖는 미안함과 고마움이다.

2021년 1월 1일. 새해의 첫날. 보통 때라면 저녁을 먹고 잘 준비를 할 시간, 우리 가족은 LAX공항에 도착했다. 이제 이 문을 들어서면 다시 이 문 앞에 설 일이 언제 올지 모른다는 감회를 느낄 새도 없이 무거운 가방들을 옮기기 위해 카트를 찾았다. 네 명의 가족에게 할당된 여덟 개의 커다란 가방을 나르기 위해선 카트가 있어야 했다. 다른 때라면 공항 어딘가에 주인 없이 떠돌 카트를 얼른 구해오겠지만, 피곤한 가족들을 두고 카트를 찾아 안쪽으로 들어가기엔 마음의 여유가 없었다. 6불을 지불하고 가져온 카트에 가방을 꾸역꾸역 올리고, 작은 가방은 큰애가 따로 끌고 공항으로 들어섰다. 대기실에 앉아 어두운 활주로를 바라보며 생각했다. 지금 잘하고 있는 걸까?

한국에서 일하다 불쑥 가족을 데리고 미국에 갔다.

적지 않은 나이에 아이까지 있는데도 그런 결정을 내렸다. 그때 이야기를 하면 주변 사람들은 아내가 대단하다고 한다. 내가 생각해도 그렇다. 나야 미국 생활을 이미 한 경험이 있지만 아내는 해외 생활이 처음이었다. 당연히 아는 사람이라곤 없었다. 남편은 대부분 시간을 밖에 있고, 아직 말도 제대로 통하지 않는 아이와 함께 하루종일 시간을 보냈을 아내를 생각하면 가슴이 막힌다. 그 시간을 견뎌 준 아내에게 감사하다는 말을 전하고 싶다. 또한, 자신의 의지와 상관없이 어른의 의지로 커다란 환경의 변화를 감내해야 했을 아이들에게도 미안한 마음과 고마운 마음을 함께 전하고 싶다. 이 책을 아이들이 읽을지는 의심스럽지만, 혹시라도 읽게 된다면 아빠의 마음을 알아주길 바란다.

그리고 별 내용 없는 이 책을 끝까지 읽어 준 여러분에게도 감사하다는 말을 전합니다. 그대들의 세상을 넓히는 데 조금이라도 도움이 되었길 바랍니다.

할리우드로 출근합니다

초판 1쇄 발행 2024년 4월 10일

지은이 문성환
펴낸이 박영미
펴낸곳 포르체

책임편집 임혜원
마케팅 정은주
디자인 황규성

출판신고 2020년 7월 20일 제2020-000103호
전화 02-6083-0128 | **팩스** 02-6008-0126
이메일 porchetogo@gmail.com
포스트 https://m.post.naver.com/porche_book
인스타그램 www.instagram.com/porche_book

ⓒ 문성환(저작권자와 맺은 특약에 따라 검인을 생략합니다.)
ISBN 979-11-93584-31-6 (03810)

여러분의 소중한 원고를 보내주세요.
porchetogo@gmail.com